KB139573

아홉살 인생

아홉살 인생

글 위기철

펴낸날 2020년 5월 11일 초판1쇄 | 2024년 8월 19일 초판9쇄
펴낸이 김남호 | 펴낸곳 현북스
출판등록일 2010년 11월 11일 | 제313-2010-333호
주소 07207 서울시 영등포구 양평로 157, 투웨니퍼스트밸리 801호
전화 02)3141-7277 | 팩스 02)3141-7278
홈페이지 http://www.hyunbooks.co.kr | 인스타그램 hyunbooks
ISBN 979-11-5741-203-7 03810

편집 이경희 | 디자인 김홍비 | 마케팅 송유근 함지숙

위기철 소설

아홉살 인생

현 북스

세상을 느낄 나이

나는 태어날까 말까 스스로 궁리한 끝에 태어나지 않았다.
어떤 부모, 어떤 환경을 갖고 태어날까 또한 마찬가지다.

어느 정도 생각하는 능력이 생겼을 때, 나는 이 모든 것들
이 이미 결정되어 있음을, 그리고 결코 되물릴 수 없는 일임
을 깨닫게 되었다.

다섯 살 이전 일은 거의 기억나지 않는다. 세상에 태어난
뒤 다섯 해 동안은 마치 자욱한 안개에 묻혀 있는 듯한 느낌
이다. 기억나지 않는 과거는 우리를 불안케 하기 마련이어서,
아버지는 이 점을 이용해 종종 나를 놀려 먹곤 했다. 너 세

살 때 기억 안 나니? 왜 내가 영도다리 밑에서 징징 울고 있는 너를 주워 왔잖아. 이 말은 어린 나를 얼마나 공포에 질리게 했던가!

물론 나는 주워 온 아이는 아니었다. 어머니와 아버지는 부산에서 살았다고 한다. 아버지는 알아주는 부둣가 깡패였고, 어머니는 가난한 전쟁 과부의 딸이었다. 두 분은 사랑에 빠졌고, 어머니는 결혼 전에 나를 가졌다. 물론 계획한 잉태는 아니었다. 알다시피 인류의 상당수는 실수로 태어나며, 나 또한 그 가운데 한 명이다.

하지만 모든 실수가 딱히 나쁜 결과만 맺는 것은 아니다. 내가 어머니 배 속에 들어앉음으로써 두 가지 새로운 변화가 생겼다. 하나는 두 분의 교제를 펄펄 뛰며 반대했던 외할머니가 마지못해 고집을 꺾고 결혼 승낙을 내린 일이며, 다른 하나는 아버지가 깡패 생활을 그만두고 어머니와 살림을 차린 일이다.

이렇게 살아갈 준비를 다 해 놓고, 나는 세상에 태어났다.

나는 세상이 좋은지 나쁜지 대번에 가늠할 수 없었다. 세상이라곤 기껏 내 눈길이 미치는 십여 미터 반경에 지나지 않앉으니 말이다. 사추리가 축축하거나 배가 출출하면 세상은 나빠졌고, 사추리가 따뜻하고 배가 부르면 세상은 좋아졌다. 그리고 어머니가 안 보이면 공포에 질려 세상이 무너진 듯 앙앙 울어 대는 도리밖에 없었다.

자라면서 나는 세상이 무척 넓은 곳임을 알게 되었다. 내가 다섯 살이 되던 무렵 우리 식구는 부산을 떠나 서울로 갔다. 하루를 꼬박 달린 완행열차는 세상이 무진장 넓다는 사실을 내게 일깨워 주었다. 내가 정확히 떠올릴 수 있는 가장 어릴 적 기억은, 어머니 품에 안겨 바라보던 차창 밖의 깜깜한 밤 풍경이었다. 나는 잠을 자지 않으려고 무척 애를 썼는데, 그건 내가 잠든 사이에 어머니가 나를 버리고 가지 않을까 두려웠기 때문이었다. 세상이 얼마나 넓든 상관없이, 나한테 의미 있는 세상이라곤 고작 어머니 품속이 전부였으니 말이다.

서울에 올라온 뒤, 나의 세상은 좀처럼 안정되지 않았다. 우리는 한 해에 두어 차례씩 이사 다녀야 했고, 나는 그때마다 낯선 환경에 적응하려 애써야 했다.

내가 초등학교에 입학할 무렵(나는 호적계원의 실수로 다른 아이보다 일 년 빨리 입학했다) 우리 식구는 아버지 친구네 문간방에서 살게 되었다. 이 무렵부터는 제법 생생하게 기억이 난다. 아버지 친구인 주인집 아저씨의 싯누런 이빨, 아주머니의 툭 불거진 광대뼈, 잠시도 쉬지 않고 울어 대던 주인집 울보 딸, 어딘지 많이 모자라던 옆집 짱구 녀석, 그 밖의 몇몇 인상 깊은 사건들…….

그러나 그 집에서 사는 동안에는 어쩐지 둥둥 떠 있는 느낌이 들었다. 아마 '얹혀산다'는 어른들 표현 때문에 더 그렇게 느꼈을 것이다. 어머니는 입버릇처럼 나에게 살살 걸어 다니라며 주의를 주었고, 그렇게 어머니의 잔소리가 심해진 까닭은 바로 우리가 '얹혀살고' 있기 때문임을 나는 잘 알고 있었다. 그러나 나는 이 동네에 와서야 비로소 친구를 많이 사귀었고, 다른 아이들의 세계를 이해할 수 있게 되었다. 그동안에는 너무 자주 이사 다니느라 동네 아이들과 어울릴 겨를도 없었다.

우리는 그 동네에서 두 해쯤 살고 또다시 이사를 했다. 삼학년 여름방학이 막 시작될 무렵이었다.

아버지는 새로 이사할 집이 산꼭대기에 있다고 말해 주었다. 이 말은 무척 신비롭게 들렸다. 산꼭대기의 집이라니! 나는 유리로 된 산 위에 지은, 그래서 아무도 올라갈 수 없는 '유리의 성'을 떠올리기도 했고, 그 무렵 한창 유행하던 '언덕 위의 하얀 집'이란 대중가요 가사를 떠올리기도 했다. 나는 이런 신비롭고 낭만적인 집으로 이사 간다는 사실이 너무 자랑스러운 나머지, 동네 친구들에게 여러 날 동안 뻐기고 다녔다.

그러나 콩콩 설레는 가슴을 안고 이사할 집 근처 동네에 도착했을 때, 나는 무척 실망하지 않을 수 없었다. 그곳에는 유리의 성도 언덕 위의 하얀 집도 없었고, 찌그러진 판잣집들만 우글우글했던 것이다. 꿈과 현실이 매번 일치한다면 얼마나 좋으랴! 그러나 알다시피 꿈과 현실은 어긋나는 때가 훨씬 더 많다.

나는 낡아 빠진 이불 보따리, 자질구레한 살림살이와 더불어 내가 살아야 할 가파른 세상으로 낑낑거리며 올라갔다. 그때 내 나이 아홉 살이었다.

서양의 어떤 작가는 이렇게 말했다. "지나치게 행복했던 사람이 아니라면, 아홉 살은 세상을 느낄 만한 나이다." 다행히 내 아홉 살은 지나치게 행복했던 편은 아니었고, 그리하여 나 또한 세상을 느끼기 시작했다.

"자, 바로 여기가 우리 집이다."

아버지는 어깨에 짊어진 이불 보따리를 쿵 소리 나게 내려 놓으며 우리를 돌아보았다. 그 얼굴엔 자긍심이 가득 배어 있었다. 어머니도 집 안팎을 둘러보며 어린아이처럼 밝게 웃었다. 검정 루핑으로 덮어 놓은 지붕에 햇살이 뜨겁게 내리쬐고 있었다.

바로 여기가 우리 집이다. 아버지의 이 말은 묘한 감동을 주었다. '우리 집'은 내게 그리 익숙한 말이 아니었다. 우리 식구는 그동안 아버지 친구 집에 퍽 오랫동안 얹혀살아야 했고,

그 집은 우리 집이 아니었다. 우리 집이란 남의 눈치를 볼 필요가 없는 집을 뜻한다. 나는 이 사실 때문에 퍽 흥분했던 것 같다. 나는 재빨리 달려가 우리 집을 구석구석 살펴보았다.

그러나 우리 집은 내 흥분에 보답할 만큼 훌륭한 편이 못 되었다. 담벼락은 시멘트 미장도 하지 않은 채 허연 벽돌이 그대로 드러나 있었고, 그 틈이 엉성하게 메워져 어느 날 갑자기 와르르 무너질 것만 같았다. 설령 무너지지는 않더라도 엉성한 담벼락으로 겨울바람이 숭숭 새어 들 것 같았다. 방문을 열어 보니 더욱 가관이었다. 방 안은 쾨쾨한 곰팡내에 절어 있었고, 벽지 삼아 발라 놓은 신문지는 군데군데 뜯긴 채 축 늘어져 있었다. 꼭 귀신 나오는 흉가 꼴이었다.

그러나 내 흥미를 끈 물체는 집 뒤꼍으로 돌아가는 모퉁이에 놓여 있었다. 사과 궤짝 한쪽 면에 철망을 댄 작은 상자였다.

"엄마, 엄마, 저기 토끼장이 있어."

나는 호들갑을 떨며 어머니를 불렀다. 그 작은 상자 안에 토끼가 들어 있었던 것은 아니지만, 노랗게 말라 버린 풀이며 콩자반 같은 토끼 똥이며 철망에 붙어 있는 하얀 털 따위를 통해, 나는 그 상자에서 살았을 토끼의 흔적을 충분히 느낄 수 있었다.

"엄마, 나 토끼 키워도 되지?"

나는 어머니의 옷자락에 매달리며 물었지만, 어머니는 별다른 대꾸 없이 방 안을 들여다보았다. 어머니는 토끼가 아니라 우리 네 식구가 살 집에 관심을 쏟을 뿐이었다.

"엄마, 나 토끼 키워도 되지, 응?"

나는 다시 한번 물어보았다. 저번 남의집살이할 때 같았으면 어머니는 무조건 "안 돼!"를 외쳤을 테지만 이날만큼은 너그러워지지 않을 수 없었던 모양이다.

"글쎄, 토끼를 구할 수나 있을까?"

나는 어머니의 이 정도 대답만으로도 당장 토끼를 사 준다는 승낙을 받은 듯이 기뻤다. 토끼장은 이 낡아 빠진 흉가에서 그나마 나에게 작은 희망을 안겨 주었다.

저번 집에 살 때, 나는 떠돌이 개가 낳은 강아지를 주운 적이 있었다. 갓 낳아 핏덩이가 배에 그대로 엉켜 있는 강아지였다. 그러나 나는 그 강아지를 집에 데려갈 수가 없었다. 그 집은 '우리 집'이 아니라 우리가 '얹혀사는 집'이었고, 그 때문에 어머니가 얼마나 신경을 곤두세우고 있는지 나는 잘 알고 있었다. 주인집 아저씨가 아무리 너그러워도 강아지까지 얹혀살게 내버려 두지는 않으리란 사실도.

하지만 눈도 못 뜨는 어린 강아지를 차마 길바닥에 내버릴 수는 없었다. 일곱 살짜리 아이로서는 도저히 감당할 수 없는 고민거리였다. 나는 저녁 늦게까지 강아지를 안은 채 집 주위를 서성거려야 했다.

때마침 귀가하던 아버지를 만나지 않았더라면 나는 밖에서 밤을 꼬박 새워야 했을지도 모른다. 나는 내 고민거리와 '얹혀사는 삶의 비애'에 대해 남김없이 아버지에게 털어놓았다. 울먹울먹 찔끔찔끔 눈물을 섞어. 내 고민을 듣고 아버지는 크게 껄껄껄 웃었다.

— 임마, 사내 녀석이 그깟 일 하나 스스로 해결하지 못해서 눈물을 짜고 있어?

아버지는 내 손에서 강아지를 빼앗아 들고 성큼성큼 집 안으로 들어갔다. 그러고는 주인집 아이들을 불러 모아 놓고 쩌렁쩌렁한 목소리로 외쳤다.

— 얘들아, 아저씨가 귀여운 선물 하나 가져왔다!

공짜로 생긴 선물을 싫어할 사람은 아무도 없다. 주인집 아이들은 입이 찢어지도록 좋아했다. 주인집 어른들도 구태여 마다하지는 않았다. 그건 어디까지나 공짜였으니까.

아버지의 지혜 덕분에 강아지는 주인집 아이들의 보살핌 아래 잘 자랄 수 있게 되었다. 그건 무척 다행한 일이었다. 하지만 강아지는 이제 더는 내 것이 아니지 않은가! '내 것'과 '내 것이 아닌 것'—그 차이는 몹시 슬펐다.

그날 밤, 나는 울음소리가 새어 나가지 않게 이불을 뒤집어쓰고 쿡쿡 울었다. 부모란 눈치가 빠른 사람들이다. 아버지는 내 귓가에 대고 낮게 속삭였다.

— 네가 돌보지 않을 따름이지 저 강아지는 누가 뭐래도 네 것이야. 저 애들은 강아지에게 밥을 주겠지만 너는 생명을 구했잖니? 짜식, 이놈은 애비를 닮아서 꼭 중요한 일만 하려 든단 말이야, 허허.

아버지는 지혜롭고 자상한 사람이었다. 나는 이런 아버지를 사랑하고 존경했다. '내 것'과 '내 것이 아닌 것'—이 차이의 슬픔을 아버지도 느끼고 있었던 모양이다. 그래서 아버지는 마침내 산꼭대기에나마 우리 집을 마련한 것이리라.

이젠 강아지가 아니라 송아지를 키운다 해도 뭐랄 사람은 없었다. 아무리 흉가 같아도 그 집은 분명 우리 집이었으므로.

※　　　※　　　※

살림이 차곡차곡 들어오고 우리 집은 어느 정도 정리되어 가기 시작했다. 어머니는 큰길가 고물상에서 구해 온 신문지로 방 도배까지 말끔히 끝냈다. 아버지는 이삿짐을 옮긴 뒤 곧바로 출근해야 했으므로 짐 정리는 어머니와 나의 몫이 되었다. 다섯 살인 여동생 여운이도 깨어질 위험이 없는 작은 짐들을 나르며 한몫 거들었다.

여운이는 며칠 동안 흉가 같은 집을 우리 집으로 쉽사리 인정하려 들지 않았다. 이사 온 첫날에는 종일토록 "우리 집에 가자!" 하며 칭얼칭얼 보채고 빽빽 울어 댔다. 하룻밤을 지내자 그 아이도 우리가 이미 옛집으로 돌아갈 수 없음을 알아차리고 새로운 환경에 적응하려 애쓰는 눈치였다. 새집이 낯설기론 아홉 살이나 먹은 나 또한 마찬가지였는데, 특히 밤에는 벌판에서 자는 듯이 헛헛한 느낌이 들곤 했다.

우리 집은 산동네에서도 가장 높은 곳에 있었다.

산의 능선을 따라 다닥다닥 붙은 집들이 들쭉날쭉 늘어져 있고, 우리 집은 그 능선 꼭대기에 자리 잡고 있었다. 산동네 능선 맞은편 아래는 울창한 숲이었다. 그러니까 우리 집에서 보면 한쪽 밑에는 허름한 산동네가, 다른 쪽 밑에는 울창한 숲이 펼쳐져 있는 셈이었다.

산동네와 숲 사이에는 철조망이 마치 휴전선처럼 길게 이어져 있었는데, 철조망 일부는 우리 집 담벼락 바로 곁을 지나고 있었다. 그 철조망 너머로는 아름다운 숲이 보였다. 숲에는 아름드리나무들이 있고 작은 개울도 보였는데, 집은 단 한 채도 보이지 않았다.

철조망의 이쪽과 저쪽은 완전히 다른 세계였다. 이쪽은 허름한 집들이 한 뼘 여유도 없이 우글우글 붙어 있고, 저쪽은 집 한 채 구경할 수 없는 자연 그대로였다. 이런 광경은 내 눈에 무척 이상해 보였다. 우리 집이 저 숲속에 있었으면 좋았을걸……. 나는 철조망에 매달려 그런 생각을 했다.

"여민아, 점심 먹자!"

어머니의 부름에 나는 쪼르르 방으로 달려갔다. 도배를 갓 마친 방에서 밀가루 풀 냄새가 났다.

"엄마, 아버지더러 저쪽 숲에 집을 짓자고 해, 응?"

나는 점심을 먹으며 어머니에게 말했다. 어머니는 방긋 웃었다.

"그쪽은 안 돼."

"왜?"

"임자가 있는 산이래."

"산에 임자가 있어?"

"산뿐만 아니라 모든 땅에는 다 제 임자가 있지."

"하지만 저쪽 숲에는 집이 한 채도 없던걸."

"집이 없어도 임자는 있지."

"집이 없으면 그 사람은 숲에서 사나?"

"아니, 집은 다른 곳에 있고 산은 그냥 가지고 있는 거야."

"뭣 땜에 그냥 가지고 있어?"

질문이 너무 까다로웠던 모양이다. 숲에서 살지도 않는 사람이 무슨 권리로 숲을 차지하고 있느냐? 수백만 년 인류 역사에 걸친 사적(私的) 소유의 경제학을 어찌 한마디로 간단히 대답할 수 있으랴. 어머니는 한참 궁리하더니 어물쩍 대답했다.

"그건 그 사람 재산이니까. 꼭 살지 않아도 자기가 가졌으면 그건 재산이야."

"그럼, 우리도 살지 않고 그냥 가진 재산이 있어?"

"없어."

"왜 없어?"

"가난하니까."

"왜 가난해?"

어머니는 말문이 막힌 듯 머뭇거렸다. 사실 나는 '가난'이 어른들의 가슴을 얼마나 아프게 하는 낱말인지 잘 알고 있었다. 어른들은 이 말을 들으면 금세 표정이 어두워지곤 했으니까. 나는 이 질문을 물리기로 마음먹었다.

"오늘부터 저 숲의 임자는 우리야."

"뭐?"

"그냥 가지고 있는 건 누구나 할 수 있는 일이잖아? 그러니까 우리도 저 숲을 그냥 가지고 있어도 돼."

어머니는 살포시 웃으며 내 머리를 쓰다듬어 주었다.

그날 저녁 나는 종이에 연필로 침 발라 쓴 작은 팻말을 철
조망에 붙여 놓았다.

— 이 슬픈 백여민이 껏또 됨!

어머니의 용맹스러운 기사

이삿짐이 어느 정도 정리되자, 어머니는 밀가루로 파전을 부쳐 이웃에 돌리기로 했다. 아마 어머니는 새로 이사 온 기분을 한껏 내고 싶었던 모양이었다. 하지만 떡을 돌릴 형편까지는 못되는지라, 파전을 돌리는 정도로 만족하기로 한 것이다. 언덕 아래 정육점에서 애써 구해 온 돼지비계로 냄비를 달구고 밀가루 반죽을 얹자 고소한 냄새가 집 안 가득 번졌다.

나는 파전을 이웃에 돌리는 책임을 맡았다. 생각만큼 쉬운 일은 아니었다. 그릇이 부족했던지라, 바가지에 담아 한 집 가서 담아 주고 돌아와서는 또 가야 했다.

"꼭대기 집이라고? 그래, 복 많이 받고 잘살라고 엄마에게 전해 줘라."

"맛있게 잘 먹을게. 너희 엄마한테 한번 놀러 가겠다고 해라."

어느 집이나 훈훈한 덕담을 잊지 않았다.

저녁 무렵인데도 빈집이 많았다. 집들이 워낙 다닥다닥 붙어 있는 데다 집 모양까지 너무 비슷해서 들렀던 집인지 아닌지 구분하는 일도 쉽지 않았다. 그래서 나는 각 집들의 특징을 잘 눈여겨봐 두었다. 부엌문에 비닐을 덧댄 집, 방문을 붉은 끈으로 묶어 잠그는 집, 벽에 낙서가 있는 집……. 이런 식이었다.

앞뜰에 널찍한 바위가 있는 집을 방문했을 때였다.

"계셔요?"

내가 주인을 부르자 방문이 열리며 비쩍 마른 내 또래 사내아이가 나왔다. 얼굴엔 시꺼먼 땟국물이 줄줄 흐르고 백구로 민 까까머리에는 기계총 딱지가 지저분하게 엉켜 있었다. 그 아이는 심심하던 차에 좋은 놀잇감을 찾았다는 듯 싯누런 코를 훌쩍이며 내게 다가왔다.

"넌 뭐야, 임마."

"너희 어머니 안 계시니?"

나는 퍽 점잖게 물었으나, 아이는 어깨를 잔뜩 곤추세운 채 사뭇 시비조였다.

"아얏쭈! 이 짜식이 내가 묻는 말에 대답도 안 해?"

아이는 앞니 틈새로 침을 찍 뱉고는 내 어깨를 툭 쳤다.

"나는 백여민이다. 저쪽 꼭대기 집에 새로 이사 왔어."

나는 악수를 청하며 손을 내밀었다.

"이다? 왔어? 아얏쭈, 이 짜식이 언제 봤다고 반말이야? 너 죽을래?"

아이는 내가 내민 손을 가자미눈으로 흘겨보았다. 나는 어이가 없었다. 요걸 그냥……. 전투 욕구가 솟구쳤으나, 이사 오자마자 싸움박질부터 할 수 없는 노릇이었다. 내 기를 꺾었다고 생각했던지, 아이는 내 손에 들려 있는 파전을 힐끗 바라보았다.

"너 지금 손에 든 게 뭐야?"

"파전이야. 이사 왔다고 돌리는 거다."

"오라, 그러니까 신고식을 하겠다는 말이지?"

"신고식이 뭐야?"

"이거 순 맹추로구만. 임마, '앞으로 잘 봐주십시오.' 하고 먹을 것을 갖다 바치는 게 신고식이지, 뭐야."

아이는 낄낄 웃었다. 나도 마주 웃었다.

"맞아, 이건 신고식이야."

"알았어. 잘 먹을 테니까, 넌 꺼져."

"너희 어머니는 안 계시니?"

"아앗쭈, 이 짜식이 뭘 꼬치꼬치 캐물어? 너 죽을래?"

아이는 나를 때리는 시늉을 하며 손을 치켜들었다. 완전히 기고만장이었다. 나는 참고 또 참았다.

"그냥 물어봤을 뿐인데 왜 그래?"

"짜샤, 우린 엄마 같은 건 안 키워."

"그럼 너 혼자 사니?"

아이는 바가지에서 파전을 꺼내 우걱우걱 씹다가 힐끗 쏘아보았다.

"아앗쭈, 이게 누구를 고아로 아나? 너 죽을래?"

'아앗쭈'와 '너 죽을래?'는 아이의 말버릇인 모양이었다. 아직 돌아야 할 집이 많았으므로 그 아이만 상대하고 있을 수는 없었다.

"바가지나 비워 줘. 빨리 가 봐야 해."

아이는 시꺼먼 손으로 바가지에 담긴 파전을 통째로 꺼내 가슴에 싸안았다.

"됐지? 그럼 꺼져."

요 녀석 나중에 다시 만나면 두고 보자, 나는 그대로 돌아섰다. 바로 그때, 아이는 치명적인 실수를 저질렀다.

"기다려. 넌 이제부터 내 부하다, 알겠니? 앞으로 나를 만나면 깍듯이 경례를 붙여. 안 그러면 넌 죽어."

아이는 주둥이를 삐죽 내밀며 '죽어'를 강조했다. 여기까지는 좋았다. 그러나 다음에 이어진 말.

"너희 엄마 애꾸지? 네 별명은 앞으로 새끼 애꾸다. 알겠지?"

머리털이 곤두서는 느낌이 든 순간, 이미 내 주먹은 무뢰한 녀석의 턱을 후려갈기고 있었다. 녀석이 뒤로 벌러덩 나자빠지자 파전이 땅바닥에 흩어졌다. 녀석의 코에서 시뻘건 피가 쏟아졌다. 나는 녀석을 깔고 앉아 사정없이 후려쳤다.

"이 새끼, 빨리 취소해. 취소하지 않으면 죽여 버린다."

나는 아이의 머리통을 땅바닥에 쿵쿵 찧었다.

"아이고, 취소! 취소!"

아이는 소리쳤다. 아이의 뺨을 몇 차례 더 후려갈기고 일어섰건만, 분이 삭지 않았다. 먼저 살던 동네에서는 나를 그런 식으로 놀리는 아이는 한 명도 없었다. 내 성미를 아이들도 잘 알고 있기 때문이었다. 그걸 모르고 터줏대감 행세를 하려 했던 아이는 그야말로 임자를 만난 셈이었다.

"한 번만 더 그따위 소릴 했다가는 가만두지 않겠어."

불의의 기습을 당하고 완전히 얼이 빠진 아이는, 그제야 정신을 차린 듯 으앙 울음보를 터뜨렸다.

"이 자식아, 너 우리 아버지한테 일러 줄 테다. 우리 아버지가 얼마나 무서운지 모르지? 개자식! 나 코피 났어."

내가 인상을 쓰자 아이는 콩알 튀듯 냉큼 방으로 달려가 방문을 잠가 버렸다. 그리고 문틈으로 내다보며 계속 소리를 질렀다.

"이 자식아! 애꾸더러 애꾸라고 한 게 대수냐? 이 애꾸 새끼야."

"이 자식이 그래도……."

달려가 방문을 마구 당겨 보았지만 안에서 잠근 문은 열리지 않았다.

"네가 이 동네에 사는 이상 한 번은 마주치는 때가 있겠지. 그때 네놈의 대가리를 부숴 버리겠어. 개자식!"

나는 바닥에 흩어져 있던 파전을 발로 짓밟고 침까지 뱉어 놓았다. 내가 식식거리며 집으로 돌아가려 하자 방에서 아이가 기세등등하게 외쳤다.

"야, 이 자식아! 너 우리 아버지한테 안 이를 줄 알지? 우리 아버지가 얼마나 무서운 줄 알아?"

그 아이의 아버지가 설사 흡혈귀라 해도 두려울 바는 없었다. 비겁한 인간을 상대하는 일은 두렵다기보다 성가신 일이다. 나는 돌멩이를 주워 녀석이 숨어 있는 방문짝에 힘껏 던져 주고는 돌아섰다.

얼마쯤 가다가 뒤돌아보니, 아이는 살금살금 나와서 으깨진 파전 조각을 주워 먹고 있었다. 더러운 자식……. 나는 땅에 퉤 하고 침을 뱉었다.

식식거리며 집에 돌아온 나를 보고 어머니는 무슨 일이 있었느냐고 다그쳐 물었다. 그러나 차마 어머니에게 싸움의 내

막을 얘기할 수는 없었다. 한쪽 눈동자가 하얗게 바래 버린 어머니를 보니 내 가슴은 더욱 미어졌다.

"개자식, 죽여 버릴 테야."

어머니의 계속된 다그침에 마지못해 자초지종을 털어놓고 나는 그만 울음을 터뜨리고 말았다.

"바보같이 별것도 아닌 걸 가지고 싸우고 다니고 그래. 엄마가 한쪽 눈을 못 쓴다고 해서 엄마 노릇을 못 해 준 일이 있니? 그저 당장 귀에 들어오는 소리가 거슬린다고 싸우는 것은 바보들이나 하는 짓이야."

"하지만 녀석은 엄마를 병신 취급했단 말이야."

어머니의 명예를 지키겠다고 한바탕 전투까지 치르고 돌아온 아들을 나무라는 어머니가 몹시 야속했다. 그러나 어머니의 다음 말은 내게 큰 충격을 안겨 주었다.

"넌 비록 애꾸라지만 엄마가 있잖니? 그 애는 부모님이 다 돌아가셔서 누나랑 둘이 사는 불쌍한 애야. 누나는 공장에 다니느라고 제대로 집에 들어오지도 못하고……."

나는 가슴이 뜨끔했다.

"그런 애를 두들겨 패 줘야 속이 시원하겠니? 아무리 철이 없다지만……."

하지만 녀석은 마치 아버지가 있는 듯이 말했단 말이야. 이런 항변 따위는 아무 쓸모 없는 것이었다. 부모 없는 아이를 때렸다는 사실, 내겐 오직 이것만이 중요했다. 하지만 이미 저질러 버린 일이었다. 이를 어쩐다……. 내게는 새로운 고민거리가 생겼다.

❄   ❄   ❄

어머니가 한쪽 눈을 못 쓰게 된 것은 내가 다섯 살 무렵이었다. 어머니에게 들은 대로 그 경위를 밝히자면 대충 이렇다.

우리 식구가 서울에 갓 올라온 무렵이었다. 아버지는 서울 변두리에 작은 월세방을 마련해 놓고는 한 달 뒤 다시 부산에 내려가야 했다. 부산 공장에서 밀린 월급을 다 못 받고 올라왔기 때문이었다.

그런데 금세 올라온다던 아버지는 한 달이 넘도록 소식이 없었다. 아버지가 주고 간 몇 푼 안 되는 생활비도 금세 바닥이 나 버렸다. 서울에 홀로 남겨진 어머니는 이루 말할 수 없이 불안했다. 만일 영영 돌아오지 못한다면……? 이런 방정맞은 생각이 하루에도 수십 번씩 어머니의 머리에 떠올랐다고 한다. 어린 자식들을 데리고 낯선 서울 땅에서 살아갈 일을 생각하면 앞이 깜깜했으리라.

불안과 걱정으로 한 달을 십 년같이 보내고 나자, 그제야 아버지가 나타났다. 아버지의 표정은 매우 어두웠다. 부산에 내려간 아버지는 친구 집을 전전하며 회사와 사장 집을 끈질기게 찾아다녔다. 그러나 사장은 오늘내일 미루며 도무지 돈을 안 내놓더라는 것이었다.

―우리가 서울로 이사했다는 소식을 어디서 들은 모양이야. 다급해지면 다시 서울로 가겠지 생각하며 배짱을 튕기는 거야. 나쁜 자식, 그 돈이 어떤 돈인데…….

아버지는 이를 득득 갈았다. 며칠 내로 주겠다는 약속을 믿고 성급하게 상경한 게 잘못이었다. 어머니는 아버지에게 그 돈을 포기하는 게 어떻겠냐고 조심스레 권해 보기도 했다.

―바보 같은 소리 말아. 놈은 지금 그걸 바라고 그런 배짱을 부리는 거야.

아버지에겐 이미 돈이 문제가 아니었다. 사장이 괘씸해서 견딜 수가 없었던 것이다.

아버지는 친구한테서 빌려 온 돈 이천 원을 어머니에게 주고는 이튿날 다시 부산에 내려가 버렸다. 그렇게 아버지가 떠나고 나자 어머니는 다시 버려진 느낌이었다. 그러나 이번에는 어머니도 가만히 있을 수 없었다. 아버지 대신에 무엇인가 일을 해서 돈을 벌어야 했다. 설사 아버지가 돈을 받아 온다 해도 언제 새 직장을 구할 수 있을지 모르기 때문이었다.

어머니는 나와 여운이를 주인집에 맡기고 인근에 있는 무허가 잉크 공장에 취직했다. 하얀 두부 벽돌 위에 판자를 얹어 대충 비 막음을 해 놓은 공장에서 역한 잉크 냄새를 맡으며 열 명 남짓의 공원들이 일했다. 아직 소년티가 채 가시지 않은 어린 공원도 있었고, 어머니보다 나이가 많은 아주머니들도 있었다. 잉크 냄새 때문에 퇴근 무렵이면 골치가 아팠지만, 돈을 번다는 자부심에 그럭저럭 한 달을 견뎠다.

그러던 어느 날이었다. 잉크에 화공 약품을 붓고 있는데 어린 공원이 지나가다 무엇에 걸려 넘어졌는지 어머니를 향해 쓰러졌다. 그 바람에 화공 약품이 어머니 얼굴에 쏟아졌다. 칼로 눈을 후비는 듯한 아픔이 어머니를 덮쳤다. 어머니는 비명을 지르며 밖으로 뛰쳐나갔다. 곁에서 일하던 아주머니가 달려와 어머니 얼굴에 물을 끼얹고 약품을 씻어 냈지만, 왼쪽 눈의 통증은 여전했다. 어머니는 젊은 공원의 등에 업혀 병원으로 갔다. 그러나 병원에서도 마땅한 처방이 없어 세척액으로 계속 눈만 씻어 냈다. 그러는 동안 어머니의 왼쪽 눈동자는 이미 하얗게 바래어졌고, 왼쪽 눈으로는 아무것도 볼 수 없게 되었다.

부산에서 올라온 아버지는 어머니의 왼쪽 눈을 보고 사내답지 않게 꺼이꺼이 울음을 터뜨렸다.

잉크 공장 사장은 그 어린 공원의 실수로 사고가 일어났으니 그 아이 부모한테 치료비를 받으라고 했다. 그 말을 전해 듣자, 아버지는 쇠꼬챙이를 들고 곧바로 사장 집으로 쳐들어갔다. 아버지는 사장 눈앞에 쇠꼬챙이를 들이밀었다.

—치료비 따윈 필요 없어. 단지 한쪽 눈을 잃어버린 고통이 어떤 것인지만 가르쳐 주지. 그래야 내 아내의 심정을 이해할 테니까.

겁에 질린 사장은 그제야 치료비를 주겠다고 말했다 한다. 만일 그때 그가 미적지근한 반응을 보였다면 아버지는 아마 그의 눈을 쇠꼬챙이로 진짜 찔러 버렸으리라. 아버지는 능히 그러고도 남을 사내였다.

그러나 그 몇 푼 안 되는 치료비로 어머니의 맑은 눈을 되살릴 수는 없는 노릇이었다. 연애 시절 아버지를 홀딱 반하게 했다는 어머니의 맑은 눈은 이리하여 뿌옇게 흐려져 버린 것이다.

나는 만화책에서 옛날 기사들 얘기를 읽은 적이 있다.

어머니가 공주님이라면, 아버지와 나는 그 공주님을 보호할 사명감을 지닌 기사들이다. 그런 점에서 아버지와 나는 뜻이 통했고, 우리는 언제라도 어머니를 위해 출정할 준비가 되어 있었다. 감히 어머니를 애꾸라고 모욕하는 무뢰한이 있다면, 나는 녀석과 결투를 벌이는 일에 조금도 주저하지 않을 것이다.

하지만 그 더러운 아이를 때려 준 것은 옳은 일이 아니었다. 그날 나는 저녁 무렵의 일이 걱정되어 잠을 이루지 못했다. 아니, 어쩌면 꿈속에서 걱정하다가 문득 깨어난 것인지도 모른다.

깜박거리는 호롱불 옆에서 어머니가 거울을 들여다보고 앉아 있었다. 호롱불에 비친 어머니의 커다란 그림자가 천장에서 기괴한 모양으로 아른거렸다. 어머니는 아직 귀가하지 않은 아버지를 기다리고 있었다. 아버지는 채석장 일로 밤이 아주 깊어서야 돌아오곤 했다. 어머니는 이따금씩 한숨을 내쉬었는데, 나는 갑자기 겁이 덜컥 났다. 어머니가 연기처럼 사라져 버릴지도 모른다는 생각이 들었기 때문이었다.

나는 숨을 죽인 채 어머니의 동태를 한참 살펴보다가 더 견디지 못하고 잠자리에서 벌떡 일어났다.

"자지 않고 있었니?"

나는 어머니 품에 와락 뛰어들어 안겼다. 내 고민거리를 실토하지 않을 수 없었던 것이다.

"엄마, 나도 엄마가 없다면 그 녀석처럼 지저분해졌겠지?"

어머니는 빙긋 웃었다.

"아직도 그 생각을 하고 있었니?"

나는 가만히 고개를 끄덕였다.

"내가 파전을 발로 밟고 거기다 침을 뱉어 놓았는데두 녀석은 땅에 엎드려 그걸 주워 먹고 있었어. 엄마, 내가 잘못했지, 응?"

"그래, 잘못한 걸 알았으면 되었다."

"엄마, 어떻게 하면 용서를 받을 수 있을까?"

"글쎄, 그렇게 마음에 걸리면 내일이라도 가서 사과하렴."

"그리구?"

"그리고? 그다음엔 사이좋게 놀면 되는 거지, 뭐."

어머니는 나를 꼭 품어 주었는데, 매우 포근했다. 나는 어
머니 품을 한참이나 즐기다가 조그만 목소리로 중얼거렸다.

"그러면 용서를 받을 수 있나?"

"그럼."

"벌을 안 받구?"

"그렇다니까."

"엄마도 죽지 않는 거지?"

"그건 또 무슨 소리야?"

갑자기 코끝이 찡해지며 눈물이 삐져 나왔다. 용감한 기사
는 이렇게 눈물을 흘리면 안 되는데, 하는 생각과 더불어 불
끈 오기가 치솟았다.

"난 그 자식한테는 하나도 미안하지 않아! 그런 식으로 엄

마를 놀리면 또 때려 줄 테야. 하지만 누가 그러는데, 부모 없는 애를 괴롭히면 그 애도 벌을 받아 똑같이 고아가 된대. 그 녀석한테 잘못했다고 빌어서 벌을 안 받는다면 그렇게 하겠어. 난 엄마가 죽는 건 싫어. 엄마가 없으면 나도 남이 발로 밟은 걸 주워……."

내 의지와는 전혀 무관한 망할 놈의 울음이 껄떡껄떡 목에 걸려 나는 말을 채 마치지 못했다. 어머니는 어이가 없다는 표정으로 나직이 웃음을 쏟아 놓았다.

"어이구, 녀석하고는……."

어머니는 그제야 내 고민의 핵심을 제대로 알아차린 거였다.

좀 창피했지만, 나는 까닭 모를 설움에 한참이나 껄떡껄떡 울었는데, 어머니의 용맹스러운 기사가 되기엔 사실 나는 좀 어린 편이었다.

더러운 아이

다음 날 나는 그 더러운 아이의 집에 다시 찾아갔다.

그 아이는 집 앞 너럭바위 부근에 쪼그리고 앉아 뭔가에 열중하고 있었다.

가까이 다가가 보니 아이는 둥근 볼록 렌즈로 개미를 그슬려 죽이며 혼자 중얼중얼 연극을 하고 있었다.

"베트콩 두 마리 사살했다, 오바! 앗, 방금 저쪽에서 베트콩 한 마리가 나타났다, 오바! 곧 출격하겠다, 오바! 쉬웅~ 투앙~"

아이는 볼록 렌즈 든 손을 비행기처럼 빙글빙글 돌렸다.

막 폭탄을 투하하려는 순간, 우리는 시선이 딱 마주쳤다. 아이는 질겁을 하며 땅에 풀썩 주저앉았고, 다음 순간 오뚝이처럼 벌떡 일어섰다.

"앗! 비상이다! 애애앵~"

아이는 후다닥 뛰어 방 안으로 쏙 들어가 버렸다.

아이가 놀던 자리를 보니 개미 서너 마리가 동그랗게 몸을 말고 그슬려 죽어 있었다. 나는 그 집 방문 앞으로 다가갔다.

"서라! 움직이면 쏜다!"

베니어합판 문짝의 뚫린 틈으로 눈만 빠끔 내놓은 아이가 외쳤다.

"임마, 난 너한테 잘못했다고 말하러 왔어."

그러나 아이는 문틈으로 손가락 총을 쏘기 시작했다.

"띵야~ 띵야~ 띵야~ 베트콩 두목은 물러가라! 으악! 베트콩 두목이 쏜 총에 우리 편 두 명이 죽었다, 오바! 우리 부대는 이 고지를 끝까지 지키겠다, 오바! 띵야~ 띵야~"

"잘못했다 말하려고 왔다니까."

"그런 공갈에 우리는 속지 않는다, 오바! 띵야~ 띵야~"

"거짓말이 아니래두!"

"내가 나가면 또 때리려고 그러는 걸 다 안다, 오바! 띵야~ 띵야~"

나는 어이가 없었다.

"내가 또 너를 때리면 천벌을 받아도 좋아."

"천벌이 뭐냐? 오바!"

"하늘에서 내린 벌이라는 뜻이야."

"공갈 마라! 멀쩡한 하늘이 왜 벌을 주냐?"

"그 정도로 맹세한다는 말이지."

"천벌을 받고 나서 나를 때리려고 그러지?"

나는 약간 화가 났다.

"임마, 때린 걸 잘못했다고 말하러 온 사람이 왜 너를 또 때리겠니?"

"저것 봐라! 드디어 속셈이 드러났다…… 오바!"

"너 정말 안 나올래!"

나는 버럭 소리를 질렀다.

"으악! 저놈이 드디어 화를 내기 시작했다, 오바! 일 소대 주의하라, 오바! 이 소대 사격 개시! 띵요~ 띵요~ 띵요~"

나는 마침내 꾀를 내었다.

"정 안 나오겠다면 좋아. 난 그냥 가겠어."

"어? 저놈이 도망간다, 오바! 이 비겁한 놈아, 오바! 마구 쏴라! 두두두두~ 띵요~ 띵요~ 띵요~"

나는 가는 척하며 재빨리 집 뒤로 돌아가 숨었다. 방에서 계속 사격을 하던 아이의 목소리가 시들해지다가 이내 잠잠해졌다. 한참 만에 살그머니 방문이 열렸다. 아이는 목을 쑥 빼고 주위를 둘러보고는 엉금엉금 밖으로 기어 나왔다. 그리고 너럭바위 부근까지 살금살금 걸어가서 내가 어디까지 갔나 살펴보았다.

그 순간 나는 집 뒤에서 와락 뛰쳐나왔다.

"요놈!"

당황한 아이는 후다닥 방으로 내쳐 달렸으나, 불행하게도 내 손에 덜미를 붙들리고 말았다.

"요 미꾸라지 같은 자식!"

내가 주먹을 치켜들자 아이는 맥없이 풀썩 쓰러졌다.

"으으으으~ 당했다! 전우여, 나는 장렬하게 싸우다 죽노라! ……오바!"

나는 아이와 이렇게 간단히 화해했다. 그 아이 이름은 신기종이라고 했다.

"앞으로 너를 나의 대장으로 삼겠다."

기종이는 크게 경례를 붙였다. 이런 식의 대접을 받아 본 적이 없어 나는 어쩐지 낯간지러운 생각이 들었다. 그러나 기종이 표정은 엄숙했다.

"웃지 마라. 싸움 잘하는 아이를 대장으로 삼는 것은 이 동네의 규칙이다."

"친구끼리 무슨 대장 부하냐?"

"너 정도라면 검은제비도 이길 수 있다."

"검은제비는 또 뭐야?"

"우리 동네 대빵이다. 대빵은 제 맘대로 별명을 짓는다. 내 별명은 시궁창이다."

나는 그 별명이 기종이한테 딱 어울린다고 생각하며 웃음을 터뜨렸다. 기종이는 내 웃음이 기분 나빴던지 얼굴을 찌푸렸다.

"네가 검은제비를 이겨 내 별명도 좀 근사하게 바꿔 줘라. 검은제비의 별명도 원래는 깜씨였는데 먼저 대빵이 이사 가는 바람에 별명을 폼나게 바꿨다.”

“난 싸움은 하기 싫어.”

나는 잘라 말했다.

“그러면 검은제비가 가만두지 않을걸. 아마 네 별명은 애
꾸……..”

내가 인상을 쓰자 기종이는 얼른 말을 돌렸다.

“검은제비는 오 학년이다. 덩치는 너보다 크지만 깡다구가
없다. 싸움이 붙으면 먼저 코피를 터뜨려 놓아라. 그러면 네
가 이긴다.”

기종이는 싸움 기술까지 자세히 일러 주며 나섰다.

“난 싸움 같은 건 안 해.”

“그럼 나는 왜 때렸어?”

“그건 네가 먼저 잘못했기 때문이지. 이유 없이 싸우는 건
나쁜 짓이라고 우리 아버지가 그랬어.”

“싸우지 않으면 넌 무슨 재미로 사니?”

기종이는 정말 진지하게 물었다.

“싸우지 않으면 무슨 재미로 사냐구?”

너무 엉뚱한 질문이어서 나는 그만 말이 막혔다. 기종이는

내가 말이 막힌 것을 보자 더욱 기세를 올렸다.

"그래. 싸움만큼 재미있는 게 어딨니? 네가 우리 삼촌 얘기를 못 들어 봐서 그래. 우리 삼촌은 맹호부대 용사다. 월남에서 베트콩들을 두두두두~"

기종이는 손을 들어 사격 자세를 하고는 마구 총을 쏘아 댔다. 그러나 그런 얘기를 한 번도 들어 본 적이 없던 나는 기종이가 우리 집 쪽으로 총을 쏘는 게 못마땅했다.

"베트콩이 뭐야? 개미 떼 같은 거냐?"

나는 기종이가 돋보기로 그슬려 죽인 개미들을 내려다보며 말했다. 그것도 모르냐는 듯 기종이가 웃었다.

"넌 아주 바보구나. 베트콩은 나쁜 놈들이다. 우리가 마구 죽여도 되는 놈들을 베트콩이라 한다."

"사람을 죽여?"

"그래."

기종이는 싯누런 이빨을 드러내고 웃었다.

"우리 삼촌은 하루에 서른 명씩 베트콩을 잡아 죽였다. 그것도 총알이 아까워 칼로 찔러 죽이다가, 나중에는 칼을 닦기도 귀찮아 돌로 때려 죽였다. 남자 베트콩, 여자 베트콩, 새끼 베트콩도 모두 죽였다."

사람 죽인 일을 자랑스럽게 말하는 것도 역겨웠지만, 그보다 그 말투가 더 역겹게 느껴졌다. 기종이는 뭔가를 설명할 때는 꼭 '~했다.'식으로 말했다. 그건 '~했다, 오바!'에 길든 전쟁놀이 말투임이 틀림없는데, 그래서 기종이는 한참 말하다가 자기도 모르게 말끝에 '오바!'를 덧붙이기도 했다.

"우리 삼촌은 베트콩이 던진 수류탄에 맞아 한쪽 팔이 날아갔다. 삼촌은 잘린 팔을 붙잡고 정글 속을 뛰었다. 엄청나게 피를 쏟았지만, 삼촌은 훌륭했다. 아군 진지까지 와서야 삼촌은 기절하고 말았다. 으으으~"

기종이는 방금 자기 팔이 잘린 것처럼 신음을 내뱉으며 풀썩 쓰러졌다.

나는 기종이가 좀 엉뚱하기는 하지만 상상력이 매우 풍부한 아이라고 생각했다.

모든 바퀴의 종점

산동네의 하루는 산중턱에서 물을 길어 오는 일에서 시작된다.

펌프를 박아 놓은 공동 우물까지 가려면, 우리 집에서 십분쯤 더 아래로 내려가야 했다. 자동차가 다니는 큰길은 그곳에서 다시 십 분가량 더 아래에 있었다. 공동 우물이 있는 곳은 모든 바퀴 달린 문명의 종점과도 같았다. 그 아래쪽은 자전거나 웬만한 손수레가 다닐 정도로 경사가 완만했지만, 그 위쪽은 거의 사다리라고 해도 좋을 만큼 가파른 돌계단이었다.

산동네 사람들은 새벽같이 일어나 큰 깡통처럼 생긴 양철 물통을 메고 공동 우물로 내려갔다. 그곳에서 한참 줄을 선 끝에 물을 받아 부엌 항아리에 가득 채워 놓고서야 하루 일을 시작했다. 그래서 물을 아껴 쓰는 일은 산동네의 철칙이었다. 아버지가 세수한 물로 다른 식구가 세수하고 그 물에 걸레까지 빨고서야 비로소 버리는 식이었다.

우리 아버지 역시 새벽에 일어나면 물지게부터 지었다. 아버지는 낙천적인 사람이어서 이 짜증 나는 일을 즐겁게 받아들였다. 아버지 몸은 무쇠와 같았다. 낮 동안 채석장에서 무거운 돌과 씨름을 하고, 저녁에는 밤일하는 공사장에 찾아가 막일까지 하고 돌아왔다. 그리고 새벽같이 일어나 또 거뜬히 물지게를 지고 산 밑으로 성큼성큼 내려가는 거였다. 어머니는 그것이 늘 걱정이었다.

"그렇게 몸을 학대해서야 사람이 어디 견디겠어요."

그러면 아버지는 껄껄 웃으며 말했다.

"몸은 쓰면 쓸수록 강해지는 거야."

그러나 어머니는 알고 있었다. 아버지의 체력도 점점 쇠해 간다는 사실을. 그래서 어머니는 아침에 물 긷는 일만큼은 스스로 하려 했다. 어머니는 아버지가 깨기 전에 물지게를 지고 내려가려 몇 차례 시도했지만, 그때마다 번번이 아버지에게 들키고 말았다. 하는 수 없이 어머니는 낮 동안에 틈틈이 물을 길어다 물독을 가득 채워 두었다. 그러나 이것도 소용없는 일이었다. 아버지는 물독이 채워져 있어도 물지게를 지고 우물로 달려갔다. 그래서 혼자 사는 뒷집 할머니네 물독이나 다른 이웃집 물독을 채워 주고야 직성이 풀렸다.

"아이고, 이렇게 고마울 데가……."

아버지가 물독을 채워 주면 뒷집 할머니는 엉성한 이빨을 드러내며 호호호 웃었다. 어머니는 내심 못마땅하게 여겼지만, 그렇다고 해서 아버지가 물지게를 못 지게 하려고 온 동네 물독을 미리 채워 놓을 수는 없는 노릇이었다. 나는 아버지에게 기종이네 집을 알려 주었다.

"아버지, 저 너럭바위 옆집에도 물을 길어다 주세요, 누나랑 둘만 살아요."

나름에 착한 일을 하려 한 말인데, 어머니는 내게 살짝 눈을 흘겼다. 그러나 크게 꾸짖지는 않았다.

"아침에 운동을 하고 나면 기분이 상쾌해진단 말이야."

아버지는 껄껄 웃으며 좋아했고, 어머니도 얼마 가지 않아 이 문제를 포기하고 말았다.

한번은 옆집 사람들이 아직 물을 길으러 가지 않은 것을 보고, 아버지가 그 집 물독을 채워 준 적이 있었다. 그런데 이 일은 오히려 그 집에 불화만 가져왔다. 그 집에는 건장한 사내가 있었음에도 물 긷는 일은 늘 여자가 맡아 하곤 했다. 더욱이 그 여자는 어머니와 달리 일을 하러 나가기까지 하는 모양이었다. 이런 터에 아버지의 느닷없는 선행이 여자의 불만을 터뜨리는 도화선이 된 거였다. 아버지가 돌아서자마자, 여자는 들으라는 듯이 호들갑스럽게 말했다.

"아이고, 고맙기도 해라. 누구는 부지런해서 남의 집 물독까지 채워 주는데, 누구는 구들목 지고 누워 제집 물독도 마누라를 시켜 채우니……."

여자가 말을 채 끝맺기도 전에 방문이 벌컥 열리며 얼굴이 부석부석한 사내가 나왔다.

"뭐야, 이년아!"

여자도 지지 않고 맞섰다.

"뭐, 내가 못 할 말 했어?"

"이년이 배가 좀 따뜻해지니까, 요강에 앉아 똥을 싸려 들어."

"언제 당신이 내 배 채워 줬어? 쥐꼬리만 한 돈 벌어다 제 아가리에 술 처넣기 바쁘면서……."

"남편한테 하는 말버릇하곤…… 에라, 이 순 쌍년 같으니."

"쌍년하고 같이 사는 너는 대단히 고상하구?"

비단 이 일뿐만 아니라, 이 집 부부는 이런 식의 싸움을 하루도 거르는 법이 없었다. 싸우다 보면 어느 한쪽이 기가 죽을 법도 하련만, 그들 부부는 한 걸음도 양보하지 않고 팽팽하게 맞섰다. 그런데 싸움을 하면서도 결코 그릇을 던져 깬다든가, 서로 때려 상처를 준다든가 하는 손해나는 일을 하는 법은 없었다. 그래서 어찌 보면 약삭빠르게 계산된 싸움처럼 보이기도 했고, 심지어는 서로 오락을 즐기고 있는 듯한 느낌마저 들었다. 단칸방에서 우글대는 아이들도 이런 싸움에 익숙해져 있는 듯 부모가 싸우고 있는 와중에도 태연하게 자기 할 일만 했다.

이웃을 도우려다 공연히 분란만 일으키고 온 아버지는 다시는 그 집에 물을 가져다주지 않았다. 이것은 그들 부부가 미처 계산하지 못한 실수였다. 남의 손으로 쉽게 물독을 채울 기회를 스스로 차 버린 셈이니까.

여자는 아버지가 물을 길어 올 때까지 일부러 미적거리기도 하고, 공연히 눈에 띄게 물통을 쿵쾅거리기도 했다. 심지어 아버지가 듣게끔 노골적으로 중얼거리기도 했다.

"아이, 물독은 텅 비었는데, 언제 저 아래까지 가서 물을 길어 온담!"

듣는 사람이 외려 민망할 정도였지만, 아버지는 번번이 모른 척 그 집 앞을 지나쳤다. 그러면 여자는 제풀에 실망하고 제풀에 부아가 치밀어 방 안을 향해 버럭 소리를 지르는 거였다.

"야, 이 밥버러지야! 너도 가서 물 좀 길어 와!"

그러면 새벽부터 그 집엔 또다시 싸움이 시작되었다.

토굴할매

슬픔과 절망은 세상 어디에나 있는 법이다.

지지리도 가난한 이 산동네에는 슬픔과 절망이 집집마다 넘쳐났지만, 묘하게도 정작 당사자들은 그런 감정을 거의 느끼지 못한 채 살아가고 있었다. 무릇 슬픔과 절망은 기쁨과 희망이라는 거울에 비추어 볼 때 실감하기 마련이다. 그런 거울을 갖지 못한 산동네 사람들은 슬픔과 절망이 마치 자신의 얼굴처럼 으레 달려 있는 것으로 여겼다. 특히 토굴할매의 경우가 그랬다.

우리 바로 뒷집에는 늙어 쪼글쪼글해진 할머니 한 분이 살고 있었다. 그 뒷집은 입구가 깎아지른 산 쪽으로 나 있어서 온종일 햇빛 한 줌 들지 않았다. 그곳은 마치 토굴처럼 음습했고, 가까이 가면 곰팡내와 역한 오줌 지린내가 코를 찔렀다. 그 집에 혼자 사는 할머니 또한 토굴처럼 음습했다. 얼굴 주름살마다 검버섯이 피어 있었고, 이빨은 마치 듬성듬성 파먹은 옥수수처럼 엉성했다. 하얀 머리카락은 늘 단정하게 쪽 지어 비녀까지 꽂았음에도 워낙 성기다 보니 털 빠진 모자를 쓴 것처럼 보였다.

아침에 요강을 비우러 나오는 할머니의 모습은 동화에 나오는 마귀할멈을 연상케 했다. 그 할머니는 마치 박쥐처럼 토굴에서 나오려 하지 않았고, 제 살기에도 바쁜 산동네 사람들은 누구도 그 할머니에게 신경을 쓰지 않았다. 그러나 사람들은 누구나 그 할머니의 존재를 알고 있었고, 그 할머니를 '토굴할매'라고 불렀다. 어른들은 종종 이렇게 말했다.

"아마 이 동네에서 가장 오래 산 사람은 토굴할매일 거야. 우리가 이사 오기 전에 살던 사람이 이사 오기 전에도 그 할매는 여기 살았다더군. 어쩌면 이 동네가 생기기 전부터 여기서 살았을지 몰라."

그러나 토굴할매가 언제부터 그곳에서 살고 있었는지는 아무도 몰랐다. 심지어는 토굴할매가 천 년쯤 전부터 이 산에 살고 있었다고 주장하는 아이도 있었다. 그리고 좀 큰 아이들은 토굴할매가 임진왜란을 피해 산속에 들어온 것이 틀림없다며, 어쭙잖은 역사적 사실까지 들먹이기도 했다.

이 모든 주장은 토굴할매가 사람이 아니라 귀신이라는 쪽으로 상상을 몰고 가게끔 했다. 어떤 아이는 토굴할매가 박쥐들을 부리는 것을 직접 보았다며 실감 나게 말했고, 또 다른 아이는 토굴할매가 박쥐들한테 어린아이를 잡아 오게 하여 먹고 사는 게 틀림없다고도 말했다. 토굴할매와 바로 벽을 맞대고 사는 나로서는 이런 얘기를 들을 때마다 으스스 소름이 끼치곤 했다.

나는 아이들한테 들은 얘기를 어머니에게 들려주었다. 어머니는 아랫동네 한복 가게에서 얻어 온 바느질 일감에 열중하여 아무 대꾸가 없었으므로 나는 좀 심드렁해졌다. 나는 마음속에 품고 있던 걱정을 조심스럽게 털어놓았다.

"엄마, 토굴할매가 밤에 우리를 잡아먹지 않을까?"

어머니는 바느질하던 손을 멈추지 않은 채 조용히 나를 꾸

짖었다.

"못써! 그런 말들은 모두 아이들이 지어낸 거야. 뒷집 할머니는 불쌍하신 분이야. 이웃들이 잘해 드려야 해."

나는 쉽게 납득할 수 없었다.

"그럼 그 할머니는 뭘 먹고 살아? 아무도 버는 사람이 없잖아?"

"글쎄, 그건 나도 모르겠어."

"귀신은 안 먹고도 살아?"

"뒷집 할머니는 귀신이 아니래도!"

"그럼 어떻게 살아?"

"누군가 도와주는 사람이 있겠지. 정 궁금하면 가서 직접 물어보렴."

물론 나로서는 그럴 마음이 전혀 없었다. 나는 뒷집을 쳐다보기조차 겁났고, 토굴할매가 아침에 요강을 비우러 나오는 것을 보면 얼른 방으로 뛰어 들어가 숨기도 했다. 그러나 아버지가 아침마다 토굴할매 집에 가서 물독을 채워 주고 오는 것을 보며, 아이들 말이 말짱 거짓이라는 생각이 점점 강해졌다.

여하튼 토굴할매는 산동네에서 가장 비참하고 불쌍한 존재였다. 토굴할매는 상을 거꾸로 비추는 거울이었다. 토굴할매라는 거울에 비추어 보면, 산동네 사람들은 늘 자신의 행복한 모습을 볼 수 있었다. 사람들은 토굴할매를 보며 말했다.

"토굴할매에 비하면 우리는 양반이지."

"늙어서 토굴할매처럼 되지는 말아야 할 텐데……."

하루하루 품을 팔아 고되게 살아가는 산동네 사람들은 이렇게 토굴할매의 비참한 삶에 자신의 처지를 비추어 보며 자신의 삶은 그럭저럭 나은 편이라고 생각했다. 그렇다면 토굴할매가 불쌍하게 여기는 사람도 있을까? 나는 어느 날 어머니에게 물어보았다.

"어머니, 토굴할매보다 더 불쌍한 사람도 있어?"

"글쎄, 아마 있겠지. 그래도 뒷집 할머니는 살 집이라도 있잖니? 세상에는 집도 없이 떠도는 사람들이 아주 많단다."

"그 사람들보다 더 불쌍한 사람은 없을까?"

어머니는 바느질하던 손을 멈추고 무엇이든 궁금해하는 나를 바라보았다. 어머니는 잠시 궁리하다가 말했다.

"가난하다고 해서 모두 불쌍한 것은 아니야. 가난한 것은

그냥 가난한 거야. 가장 불쌍한 사람은 스스로를 불쌍하다고
생각하는 사람이야."

나는 어머니의 이 대답이 무척 마음에 들었다. 하지만 궁
금한 점은 또 있었다.

"토굴할매는 스스로도 자기가 불쌍하다고 생각할까?"

어머니는 한참 생각하다가 말했다.

"아니, 그렇지 않을 거야. 어떤 사람도 진짜 불쌍하지는 않
아. 단지 불쌍하게 보일 뿐이지."

그렇다면 토굴할매도 살아갈 이유가 있다.

어머니의 이 평범한 말은 내 가슴속에 깊이 새겨져 평생
을 떠나지 않았다. 어른이 된 뒤 나는 "저희를 불쌍히 여기
소서." 하며 기도하는 사람들을 본 적이 있다. 나는 그 사람
이 정말 불쌍하다고 생각했는데, 그것도 어머니의 이 말 때
문이었다. 스스로를 불쌍하게 여기고자 한다면 정말 누구나
불쌍해진다. 그건 어려운 일이 아니다. 그러나 어머니의 말대
로 어떤 사람도 정말로 불쌍한 것이 아니라면, 우리는 구태
여 불쌍함을 구걸 받으려 할 필요는 없다.

숲속의 전투

이제 어린 시절 내게 가장 큰 감명을 주었던 숲 이야기를 하겠다.

숲은 신비하고 무궁무진한 조화가 있는 놀이터였다. 나무와 개울과 바위, 꽃과 열매와 버섯, 그 밖에 크고 작은 생물들……. 숲에는 없는 것이 없었다. 상수리나무와 아까시나무, 그 밖의 이름 모를 나무들로 뒤덮인 한여름의 숲속은 더위를 느끼지 못할 만큼 서늘했다. 나는 새로 사귄 동네 친구들과 함께 온종일 숲속을 쏘다녔다.

기종이는 싸움 없이 친구들과 사귀기란 거의 불가능한 일이라고 위압적으로 말하곤 했지만, 그것은 거짓말이었다. 하지만 내가 숲속에서 한바탕 전투를 치르고 난 뒤 산동네 아이들과 빠르게 친해졌으니, 기종이 말도 아주 거짓말은 아니었던 셈이다.

나는 숲에서 키 작은 상수리나무 줄기를 타고 노는 걸 아주 좋아했다. 그 나무줄기는 아이들이 말처럼 올라타고 놀기 좋게끔 적당히 휘어져 있었다. 그 나무줄기에 앉아 몸을 흔들면 아래위로 출렁거렸고, 고삐 대신에 쥘 나뭇가지 손잡이까지 달려 있어 진짜 말을 탄 기분을 느끼게 해 주었다. 온 동네 꼬마들이 타고 논 탓에 그 상수리나무 줄기는 말안장처럼 반질반질 윤이 날 정도였다.

그날도 동네 아이들과 이 놀이에 한참 열중해 있었다. 그때 세 명의 꼬마 무법자가 나타났다. 그들은 오륙 학년쯤 되어 보였는데, 우리 쪽에 꼬마와 여자아이 들만 있는 걸 보고 만만하게 여겼던지 대뜸 시비를 걸어왔다.

무법자 가운데 얼굴이 검은 아이가 침을 찍 뱉으며 말했다.

"얌마, 여긴 우리 구역인데 누구 허락받고 말을 타? 엉?"

우리 동네 아이들은 겁을 먹고 슬금슬금 물러났다. 싸움 없이 무슨 재미로 사느냐던 기종이도 마찬가지였다. 마침 나무줄기에 올라타서 신나게 몸을 흔들고 있던 나도 좀 주춤했다.

머리를 박박 깎은 무법자가 꽥 소리를 질렀다.

"너 썩 안 내려와?"

그러나 나는 내려가기가 싫었다. 내려갈 이유가 없었던 것이다. 그러자 턱이 뾰족한 무법자가 내 발을 낚아채 확 밀어 버렸다. 그 바람에 나는 굴러떨어져 땅바닥에 얼굴을 찧게 되었다. 그 꼴을 보고 무법자들은 무법자답게 낄낄낄 웃었다. 그때 우리 쪽 여자아이 하나가 앙칼지게 외쳤다.

"너희가 뭔데 우리가 먼저 와서 노는 것을 빼앗니?"

"우리가 뭐냐구? 머머리 짱구 도토리 삼촌이다!"

무법자들은 동네 깡패한테 배웠음 직한 폼으로 어깨를 으쓱거리며 다가가, 여자아이의 뺨을 귀엽다는 듯이 쓸어 주었다.

"제법 귀여운데……."

"손 치워!"

여자아이는 발끈 성질을 내다가 제풀에 그만 앙앙 울음을 터뜨렸고, 무법자들은 저희끼리 낄낄거리며 웃었다. 그들은 여자아이만큼은 건드리지 말아야 했다. 그건 매우 비겁한 일이었고, 내 기사도 정신에 불을 지르는 행위였으니 말이다.

그때 곁에서 지켜보던 기종이가 후다닥 튀어 달아나며 외쳤다.

"이 새끼들 기다려! 우리 형을 불러올 테다. 우리 형이 얼마나 싸움을 잘하는 줄 알아?"

그러나 무법자들을 빼놓고는 모두 기종이한테 형이 없다는 사실을 잘 알고 있었다. 나는 내 힘으로 이 무법자들을 물리쳐야 한다고 생각했다. 비록 상대가 세 명이라는 게 꺼림칙했지만, 나는 싸움을 꽤 잘하는 편이었다. 나는 조용히 말했다.

"놀고 싶으면 같이 놀구, 아니면 꺼져!"

이 나직하면서도 위압적인 말에 무법자들은 순간적으로 움찔했다. 그러나 상대가 어느 모로 보나 조그만 꼬마일 뿐이라 생각했던지, 무법자들은 서로 마주 보며 낄낄거렸다. 빡빡머리가 다가왔다.

"아앗쭈, 요 꼬마 녀석이······."

피할 수 없는 싸움이라면 먼저 공격하는 게 유리하다. 이것은 아버지의 가르침이었다. 나는 빡빡머리의 면상을 그대로 머리로 들이받아 버렸다. 빡빡머리는 코를 싸쥐고 주저앉았다. 그의 손에 뻘건 코피가 묻어 나왔다.

그러나 무법자들은 피를 보고도 순순히 물러서지 않았다. 다음엔 뾰족턱이 튀어나와 단숨에 내 멱살을 틀어쥐었고, 우리는 서로 엉켜 숲속을 뒹굴었다. 나는 팔로 뾰족턱의 목을 틀어쥐고 버텼다. 뾰족턱은 빠져나오려고 버둥댔지만, 나는 팔 힘을 조금도 늦추지 않았다.

"임마, 힘내! 꼬마한테 당하는 게 창피하지도 않아?"

검은얼굴과 빡빡머리는 응원을 했지만 달려들지는 않았다. 한 명에게 여러 명이 달려드는 것은 수치스러운 일이니까. 그러나 뾰족턱이 영 기세를 회복하지 못하자, 검은얼굴은 장난치는 것처럼 다가와서는 나를 슬쩍 밀어 버렸다. 그 틈에 뾰족턱이 나를 덮쳐 올라타고 주먹으로 얼굴을 마구 때렸다. 내 코에서도 피가 흘렀다. 그때였다.

"이 비겁한 놈들아!"

여자아이가 달려들어 나를 타고 앉은 뾰족턱의 어깨를 앙칼지게 물어뜯었다.

"아! 아! 이년이!"

여자아이는 내가 일어선 뒤에도 뾰족턱의 어깨를 물고 늘어졌다. 나는 일어서자마자 곧바로 검은얼굴의 가슴팍으로 총알처럼 뛰어들었다. 불의의 기습을 당한 검은얼굴은 뒤로 넘어지며 내 머리칼을 움켜쥐었다. 우리가 한참 뒹굴며 싸우고 있는데, 누군가가 빽 소리를 질렀다.

"산지기다! 산지기가 온다!"

그 소리에 아이들은 바닥에 떨어진 콩알처럼 와그르르 튀어 달아나기 시작했다. 꼬마 무법자들도 후다닥 달아났고, 산지기가 뭔지 모르는 나만 혼자 남아 코피 흐르는 코를 싸쥐고 식식거렸다. 그런데 산지기 대신에 나타난 것은 신기종이었다.

"너 정말 대단하구나. 존경스럽다."

"소리를 지른 게 너냐?"

"그래, 내가 소리를 지르지 않았다면, 녀석들한테 질 뻔했어."

기종이는 자랑스럽게 말했다.

나는 개울로 내려가 얼굴을 씻으며 물었다.

"그런데 산지기가 뭐냐?"

기종이는 특유의 '~다'식 말투로 설명했다.

"산지기는 이 산을 지키는 사람이다. 아이들이 산에 들어오는 것을 아주 싫어한다. 산지기에게 잡히면 큰일 난다. 산지기가 어떤 아이의 간을 빼어 먹었다는 얘기도 있다. 산지기는 도깨비나 마찬가지다."

기종이가 워낙 이야기를 잘 꾸며 내었기 때문에 나는 그 말을 별로 믿지 않았다.

"그럼 너는 산지기를 본 적이 있니?"

"그럼! 나는 몰래 숨어서 산지기를 본 적이 있다. 산지기는 얼굴이 새빨갛고 턱에는 꼭 송곳 같은 수염이 돋아 있다. 키는 전봇대만 하고, 입에서는 불을 뿜는다."

나는 그 말이 죄다 거짓말이라 생각했지만, 참을성 있게 다시 물었다.

"산지기는 어디서 사니?"

"산지기는 동굴에서 산다. 그 동굴이 어디 있는지는 아무도 모른다. 그 동굴은 너무 커서, 그 안에는 산에서 잡아 온 아이들이 수백 명 갇혀 있다. 산지기는 밤마다 아이들을 한 명씩 잡아내서 간을 빼어 먹는데……."

기종이는 말을 시작하면 끝없이 상상 속에 빠져들곤 했다.

나는 "거짓말 마!" 하고 소리쳐 주려다가 기종이를 실망시키고 싶지 않아 모른 척했다. 사실 그 아이는 자기 상상에 도취된 나머지 스스로조차 그것이 거짓말임을 무시하고 있는 듯했다. 그래서 기종이가 하는 거짓말은 때때로 아주 재미있게 느껴지기도 했다.

이 사건이 있은 뒤에 두 가지 중대한 변화가 생겼다.

하나는 검은제비로부터 동네 아이들 가운데 두 번째 서열의 지위를 부여받고 별명을 마음에 드는 것으로 지어도 된다는 특권까지 얻은 일이었다. 검은제비는 내가 육 학년짜리 세 명을 물리쳤다는 말을 듣고 은근히 걱정이 됐던 모양이었다. 기종이는 몰래 나를 부추기기도 했다.

"야, 너 실력이면 검은제비쯤은 상대도 안 돼!"

그러나 나는 그런 일에는 별 관심이 없었으므로 그냥 검은제비가 하는 대로 내버려 두었다. 별명에도 흥미가 없어 별명 짓는 일도 하지 않았다. 기종이는 근사한 별명을 짓도록 자꾸 나를 부추겼다.

"야, 벼룩이 어떠냐? 벼룩은 작지만 높이 뛴다. 싫어? 그럼 쐐기는 어때? 쐐기한테 물리면 아주 아프다. 망치는 어때?

가위는?"

별명을 짓는 일에서만큼은 기종이의 그 뛰어난 상상력도 보잘것없었다. 아니, 어쩌면 상상력이 지나치게 뛰어났기 때문이었는지도 모른다.

두 번째의 변화는 그 앙칼진 여자아이가 내게 보내는 끈끈한 관심이었다. 그 아이는 바로 우리 옆집에 사는 싸움쟁이 부부의 딸이었다. 그 아이는 자기 이름이 오금복이라고 소개했다.

"내 동생은 은복이고, 그다음 동생은 돈복이야."

금복이는 자기 이름을 잊지 않게 하려고 동생들 이름까지 가르쳐 주었는데, 나는 그만 웃음을 터뜨리고 말았다. 내 웃음에 기분이 상했는지, 그 아이는 대뜸 내 뺨을 후려갈겼다.

"네 이름은 얼마나 좋아서 웃니? 흥!"

그러고는 자기 집으로 쪼르르 들어가 버렸다.

오금복은 끊임없이 내 주변을 맴돌았다. 내가 가는 곳마다 쫄랑쫄랑 따라다녔고, 어떤 때는 대단한 선심을 쓰는 듯이 먹을 것을 가져다주기도 했다. 나는 이 아이를 떼어 놓기 위해 이만저만 고민이 아니었다. 그러나 아무리 몰래 나가도 어느샌가 나를 뒤쫓아와 참견을 해 댔다.

그 아이는 하는 짓마다 밉살맞았고, 어느 모로 봐도 정이 가지 않았다. 금복이는 참견을 하다가 조금이라도 수틀리면 신발을 벗어 내 등짝을 후려갈기곤 했다.

한번은 참다못해 한 대 쥐어박은 적이 있었다. 별로 아프게 때린 것도 아닌데, 그 애는 마치 세상이 끝나기라도 한 듯 너무나도 서글프게 울어 댔다.

"넌, 넌 말이야…… 무슨 짓을 한 줄 알아? 이 바보! 넌 나를 때렸어. 머저리! 천치! 얼간이!"

그러고 나서 나와 틀어졌는가 하면 그런 것도 아니었다. 여전히 나를 졸졸 따라다니며, 하는 일마다 참견하며 비아냥거렸다. 나는 금복이가 아스팔트 공사장의 끈적끈적한 콜타르 같다고 생각했다.

어쨌거나 숲속의 전투 덕분에, 나는 엄연한 산동네 아이로 정식 인정받게 된 셈이다.

학교에서

　내가 동네 분위기에 어느 정도 익숙해져 갈 무렵 여름방학이 끝났다.

　산동네 아이들은 너 나 할 것 없이 공부하고는 거리가 먼 아이들이었다. 그래서 아이들은 어쩌다 개학 얘기라도 나오면 한숨을 푹푹 쉬곤 했다. 감옥이나 다름없는 학교에 다시 가야 한다는 사실도 그렇지만, 산더미처럼 쌓여 있는 방학 숙제를 하루아침에 어찌 다 처리한단 말인가.

　그러나 걱정은 말뿐이었고, 아이들은 여전히 잘 뛰어놀았다. 아이들은 이 문제에 가장 훌륭한 방책이 뭔지 잘 알고 있었다. 그건 바로 몸으로 때우는 방법이었다.

"까짓, 때리라구 그래! 설마 죽이기까지야 하겠어?"

아이들은 자못 의기양양 호기까지 부렸다.

그러나 기종이의 태도는 사뭇 달랐다. 이 아이는 학교 얘기만 나오면 얼굴까지 하얘지며 두려워했다.

"아냐, 마음만 먹는다면 선생님은 방학 숙제를 해 오지 않은 아이들을 진짜루 죽일지도 몰라. 왜냐하면 선생님이 아이들을 죽이기란 식은 죽 먹기이기 때문이지."

물론 이건 나한테만 한 얘기다. 기종이는 다른 아이들 앞에서는 거의 말을 하지 않았다. 아니, 하지 않는다기보다는 못하는 거였다. 아이들은 기종이가 무슨 말만 하면 갖은 멸시를 주며 묵살해 버리기 일쑤였다. 나는 그 아이의 말을 꽤 진지하게 들어 주는 편이어서, 기종이는 내 앞에서만큼은 마음껏 열변을 늘어놓았다.

"넌 정말 좋겠구나."

기종이는 나를 진심으로 부러워했다.

"왜?"

"왜냐구? 처음 전학 온 아이는 최소한 일주일 정도는 매를 맞지 않는다. 선생님도 그 아이가 부잣집 아이인지 아닌지 일주일 정도는 살펴봐야 하니까. 하지만 네가 아무리 감쪽같이 숨겨도 선생님은 금세 알아차리고 만다. 왜냐하면 그게 바로 선생님들이 하는 일이기 때문이다. 그러나 네가 가난한 집 아이라는 것을 아는 순간, 너는 그걸로 끝장나는 거다. 그렇게 되면 너는 차라리 학교에 가자마자 그길로 선생님한테 찾아가 매를 맞는 편이 낫다. 왜냐하면 선생님은 보통 아침에는 아이들을 살살 때리기 때문이지."

"그럼 너는 선생님한테 매일 맞니?"

기종이는 픽 웃었다.

"넌 그럼 가난한 아이 중에 매를 맞지 않는 아이를 한 명이라도 본 적이 있니? 가난한 아이들을 때려 주기 위해 만든 것이 바로 학교다. 넌 아직 그것도 몰랐니?"

공교롭게도 나는 전학한 학교에서 바로 기종이네 반에 배정되었다. 그래서 기종이의 말이 완전히 거짓말은 아님을 알게 되었다.

내가 그 반에 배정된 것은 기종이에겐 대단히 행운이었겠지만, 한편으론 불행이기도 했다. 살벌하게 쥐어 터지는 변변치 못한 모습을 첫날부터 보여야 했으니 말이다.

우리 담임선생님은 대단히 신경질적인 사람이었다. 각이 뚜렷한 하얀 얼굴, 이마에 곤두선 파란 힘줄, 뱀처럼 세모난 눈, 도드라진 콧날, 작고 엷은 입술……. 첫인상부터 어쩐지 가까이 다가가고 싶지 않은 모습이었다. 그는 아무 낙도 없는 사람처럼 늘 우울한 표정이었다. 아이들을 가르치는 일에는 아무 의욕도 없는 듯 틈만 나면 자습을 시켰다. 그러나 자습 시간에 아이들이 떠드는 건 절대 용납하지 않았는데, 그건 교감이나 교장 선생님에게 질책을 당하지 않기 위해서였다. 그는 학생보다는 학부모한테 더 관심이 많았고, 아이들한테는 늘 짜증만 냈다. 그의 낙이라곤 오직 만만한 아이들을 두들겨 패는 일뿐이었다.

나는 담임선생님의 이런 면모를 첫날부터 실감하지 않을 수 없었다.

방학 숙제를 해 오지 않은 아이는 나와 기종이뿐이었다. 나는 전학을 왔으니 어쩔 수 없었지만, 기종이는 사정이 달랐다.

"너 이리 나와!"

선생님은 귀찮다는 듯 고개도 들지 않고 기종이를 교단 앞으로 불렀다. 기종이의 얼굴이 어찌나 창백해졌던지, 그 더러운 얼굴이 뽀얗게 보일 정도였다.

기종이가 미적미적 앞으로 나가자, 선생님은 조금 전 기종이를 교단 앞으로 불러냈다는 사실을 잊어버리기라도 한 듯 숙제 검토하는 일에만 열중하고 있었다. 매우 고요하고 평화로운 표정이었다. 아이들은 잠시 뒤에 벌어질 사태를 상상하며 숨소리마저 내지 않고 앉아 있건만, 그 싸늘한 정적은 십 분쯤 지루하게 이어졌다. 기대한 사건이 일어나지 않자, 아이들은 실망하여 긴장을 풀기 시작했다. 그때였다.

퍽!

선생님이 기종이의 뺨을 후려갈겼다. 아이는 맞은 뺨을 어루만지며 얼떨떨한 표정으로 서 있건만, 선생님은 여전히 자기 일에만 열중하고 있었다. 선생님이 방금 기종이의 뺨을 때렸는지 아닌지 분간할 수도 없을 지경이었다.

"가서 발 씻고 와! 세수도 하고."

방금 뺨을 때렸다는 사실을 무시한다면 자상하게 여겨질 만큼 부드러운 말투였다. 기종이는 완전히 얼이 빠져서 도대체 선생님이 요구하는 게 뭔지 알 수 없다는 표정으로 멍하니 서 있었다.

"가서 발 씻고 오라고 했다."

그제야 기종이는 총알처럼 수돗가로 달려갔다. 사실 기종이의 발은 마치 검정 고무신을 신은 것처럼 까맸다. 기종이가 발을 씻고 돌아오자, 선생님은 본격적으로 매질을 시작했다. '어째서 숙제를 안 했니?' 따위의 형식적인 말조차도 없었다. 정말이지 단 한마디의 말도 없었다.

선생님은 손목에서 시계를 풀고 손가락에서 반지를 뺐냈다. 그러고는 주먹으로 아이의 뺨과 머리를 후려갈겼다. 조용한 교실에는 퍽퍽 하는 소리만 울려 퍼졌다. 매질은 기종이가 바닥에 쓰러질 때까지 계속되었다. 초등학교 삼 학년 아이에게 잔인한 매질이었다. 한바탕 매타작이 끝나자 선생님은 그제야 입을 열었다.

"네 자리로 돌아가."

이게 전부였다.

선생님은 태연하게 다시 숙제 검사에 열중했다. 마치 무슨 일을 하다가 성가시게 구는 파리 한 마리 탁 때려잡고 하던 일을 계속하는 식이었다.

사실 그 점에서는 기종이도 마찬가지였다. 녀석은 눈물 한 방울 내비치지 않은 채 제자리로 돌아와 단정히 앉아 있었는데, 손바닥 자국으로 시뻘게진 뺨만 아니었다면 방금 얻어터지고 돌아온 아이라고는 도무지 믿기지 않을 지경이었다.

학교에서 우리 동네까지 오는 지름길은 숲속으로 나 있었다. 숲을 가로지르지 않고 큰길을 이용하면, 한 바퀴 빙 둘러가게 되는 셈이었다. 개울과 오솔길을 따라 걷는 이 숲속 지름길로 통학을 하게 된 건 매우 신나는 일이었다.

산동네에 사는 아이는 나와 기종이뿐이었으므로 우리는 함께 숲속 길을 걷게 되었다.

"선생님은 아이들을 때릴 때 늘 저런 식으로 때리니? 한마디 말도 안 해?"

그러자 기종이가 태연하게 말했다.

"그건 내가 최면술을 걸었기 때문이다."

"최면술이 뭐야?"

"다른 사람 마음을 내 맘대로 조종하는 비법이다."

"그럼 네가 선생님의 마음을 조종했던 거야?"

"그래, 나는 매 맞는 것보다 잔소리가 더 싫거든. 그래서 잔소리를 하지 말라고 최면술을 걸었던 거다."

"그러면 아예 때리지를 말라고 최면술을 걸지 그랬어?"

"처음에는 그랬다. 하지만 나는 곧 그 최면술은 안 먹힌다는 걸 알아차렸다."

"어째서?"

"왜냐하면 선생님은 아이들을 때려야만 월급을 받기 때문이다. 월급은 내 최면술보다 세다. 왜냐하면 월급을 못 받으면 사람이 굶어 죽기 때문이다. 하지만 최면술 때문에 사람이 굶어 죽는 일은 없다. 그러므로 월급은 최면술보다 센 거다."

기종이는 늘 논리 정연하게 설명하려 들었지만, 하나같이 터무니없는 소리뿐이었다. 그 아이의 입은 오직 거짓말을 하기 위해 달려 있는 거나 마찬가지였다. 그러나 나름대로 꽤 궁리한 기발한 말들도 많았다. 저런 머리로 방학 숙제나 좀 하지. 나는 기종이가 딱해 보였지만, 대놓고 말하지는 않았다.

나는 얼마 뒤 담임선생님의 별명을 '월급기계'라고 지어 주었다. 기종이 말마따나, 그는 오직 월급을 받으려고 째깍째깍

움직이는 기계에 지나지 않았으므로.

새로 전학 온 교실에서 나는 장우림이라는 여자아이 곁에 앉게 되었다. 깔끔한 얼굴에 말쑥한 옷차림의 아이였다. 생전 햇빛 아래 나와 놀아 본 적이 없는지 살갗이 새하얗다 못해 창백한 느낌마저 들었다. 새까만 내가 곁에 앉으니 우리는 완전히 흑백 바둑알이 나란히 놓여 있는 꼴이었다.

장우림은 첫날 내게 한마디도 말을 건네지 않았다. 처음에는 어색해서 그러나 보다 여겼지만, 침묵은 꽤 오래갔다. 다음 날도, 그다음 날도, 한마디 하지 않았다. 나도 대수롭잖게 여겨 별로 신경을 쓰지 않았다.

나는 "지우개 좀 빌리자"고 말을 건네 보았다. 물론 거절은 하지 않았다. 그런데 지우개를 빌려주는 태도가 몹시 거슬렸다. 나를 쳐다보지도 않은 채 엄지와 집게손가락만 써서 마치 솔방울을 떨구듯 톡 떨어뜨려 주는 것이었다. 애써 꾸민 티가 역력한 동작이었다. 그 아이는 그것이 대단히 우아한 동작이라고 믿고 있는 듯했다. 하지만 내 쪽에서 보자면, 거지가 내민 깡통에 동전을 톡 떨어뜨리는 동작처럼 느껴져 기분이 나빴다.

나는 불쾌한 기분에 일부러 지우개를 박박 눌러 쓰고는 돌려주었다. 장우림은 깜짝 놀라는 표정이었지만, 말은 하지 않고 이내 뾰로통해져 버렸다. 이 일로 우리의 냉전 상태는 더욱 지연되었다. 나 또한 굳이 그 애한테 말 걸 필요를 못 느꼈던지라, 그러거나 말거나 상관도 하지 않았다. 사실 여자아이한테는 별 흥미도 없었다.

나는 짝꿍보다 오히려 다른 친구들과 더 빨리 친해졌다. 나는 얌전한 편은 결코 아니었다. 쉬는 시간 십 분 동안에도 운동장에 나가 말타기라도 한차례 해야 직성이 풀렸다. 그래서 내 주변에는 이내 친구들이 웅성웅성 모였다.

하지만 내 짝꿍은 그렇지 못했다. 장우림은 친구라곤 없었다. 쉬는 시간이나 점심시간에도 늘 혼자였다. 그런데도 결코 남에게 먼저 말을 거는 법은 없었다. 다른 아이가 먼저 말을 걸어도 늘 흥미 없다는 태도로 대꾸했다.

나중에 안 일이지만, 그 아이는 반 아이들한테 인심을 잃고 있었다. 그건 건방지다는 이유 때문이었다.

"흥, 지가 무슨 공주마마라도 되는 줄 아나 보지?"

여자아이들은 우림이를 이렇게 비꼬곤 했다.

나는 친구들한테 따돌림을 받으며 늘 혼자 지내고 있는 우림이가 어쩐지 불쌍하고 가엾게 느껴졌다. 하지만 그 아이는 스스로 외롭다고 생각하지는 않는 모양이었다. 그래서 그 아이는 좀처럼 내게 말을 건네려 들지 않았다.

한번은 이런 일이 있었다.

점심시간에 교실 뒤편에서 아이들과 놀고 있는데 카랑카랑한 우림이의 목소리가 들렸다. 그 아이가 그렇게 소리를 지르는 건 매우 드문 일이었다.

"어서, 이리 줘."

돌아보니 우림이가 발을 동동 구르며 악을 쓰고 있었다.

"보고 돌려준다는데 왜 그래?"

사내 녀석 하나가 작은 물건을 들어 올리고 우림이의 손길을 요리조리 피하고 있었다. 뭔가 물건을 빼앗은 모양이었다. 우림이는 금세 울음을 터뜨릴 듯 새파랗게 질려 안절부절못했다.

나는 단숨에 달려갔다. 사내 녀석에게 말했다.

"돌려줘!"

녀석은 내가 싸움을 잘한다는 사실을 알고 있었지만, 장난을 쉽게 포기하려 들지 않았다.

"네가 왜 참견이야?"

"내 짝이야."

"니 짝이면, 이 거울도 니 거란 말이야?"

빼앗은 물건은 작은 손거울이었다.

"아무튼 내 짝을 괴롭히지 마."

"웃기네."

"짜식이……."

녀석의 멱살을 틀어쥐는 것으로 싸움은 간단히 끝났다. 힘으로는 도저히 못 당하겠다 싶은 게 억울했던지, 아니면 여자아이 앞에서 망신을 당한 게 억울했던지, 녀석은 맥없이 울먹울먹 울음을 터뜨렸다.

"선생님한테 일러 줄 거야."

나는 거울을 빼앗아 우림이한테 돌려주었고, 적어도 고맙다는 인사 정도는 들을 줄 알았다. 그러나 거울을 냉큼 빼앗아 든 그 아이 입에서 뜻밖의 말이 튀어나왔다.

"야만인들!"

이 일이 있고 난 뒤 우림이는 내게 관심을 기울이기 시작했다. 그런데 그 아이가 관심을 기울이는 방법은 좀 특이했다.

"얘, 이 연필 좀 깎아 줘."

그 아이가 처음으로 내게 건넨 말은 이랬다. '깎아 줄래?' 하는 부탁이 아니라 완전히 명령조였다. 그러면서도 먼저 말을 건네서 아주 자존심이 상한다는 태도였다. 나는 기분이 좀 나빴지만 순순히 연필을 깎아 주었다. 모처럼 건넨 말을 묵살하고 싶지는 않았기 때문이었다.

내가 연필을 깎아 건네주자, 우림이는 검사라도 하듯 연필을 요리조리 돌려 가며 들여다보았다.

"좋아, 넌 연필을 제법 잘 깎는구나. 난 연필을 깎는 버릇이 안 되어 놔서……."

"해 보면 별로 어렵지도 않아. 내가 가르쳐 줄게."

"그럴 필요는 없어. 왜냐면 우리 집엔 일제 연필깎이가 있거든."

"연필깎이가 뭐야?"

"연필을 깎는 기계 말이야. 넌 연필깎이를 한 번도 본 일이 없니?"

"없어."

"그럴 테지. 연필깎이는 누구나 가지고 있는 게 아니니까."

우림이는 픽 웃었다. 나는 그 말에 기분이 잡치고 말았다. 나는 좀 화가 나서 말했다.

"하지만 난 연필깎이 따위는 필요 없어. 왜냐하면 나는 칼로도 연필을 잘 깎을 수 있으니까."

"그으래?"

우림이는 다시 샐쭉해지고 말았다.

그 아이가 얼마나 허영심 많은 아이인지 미리 알았더라면, 나는 그런 식으로 말하지는 않았을 것이다. 하지만 그때까지만 해도 우림이는 내게 보통 아이들과 하등 다를 바 없는 존재였고, 그래서 그 아이의 허영심을 맞춰 줄 정도로 나는 관대할 수 없었던 것이다.

편지 심부름

학교를 마치고 집에 돌아가는 길이었다.

숲을 가로질러 집으로 가려면 철조망을 두 번 넘어야 했다.
들어갈 때 한 번, 나올 때 한 번. 가시철망이 그 거대한 숲을
에워싸고 있기 때문이었다. 나는 그 가시철망을 볼 때마다 국
어책에 나오는 '못된 거인'을 떠올렸다. 거인이 담장을 쌓아
아이들을 못 들어오게 하자, 그 정원엔 봄이 찾아오지 않았
다고 하던가.

숲 임자는 엄청난 비용을 들여 철책을 세웠겠지만, 안타깝
게도 철조망은 아무짝에도 쓸모가 없었다. 개구멍투성이였으

니 말이다. 그래서 아이들은 산지기한테 들키지만 않으면 언제든지 숲에 들어가 놀 수 있었고, 그랬기 때문에 그 숲에는 봄과 여름이 어김없이 찾아왔다.

그날 내가 막 철조망 개구멍으로 기어 들어가려는 순간, 누군가가 내 어깨를 턱 걸머잡았다. 이크, 산지기로구나. 나는 가슴이 철렁 내려앉았다.

하지만 내 어깨를 붙잡은 것은 얼굴이 창백한 청년이었다. 나는 산지기가 창백한 얼굴을 하고 있을 리 없다 판단하고 일단 마음을 놓았다. 물론 기종이처럼 산지기가 입에서 불을 뿜는 도깨비라고 생각했던 것은 아니지만, 적어도 산지기는 우락부락한 얼굴을 하고 있어야 어울릴 테니 말이다.

"얘, 심부름 좀 해 다오."

청년은 수줍게 말했다.

"심부름 값으로 이십 원 주마. 자, 여기 십 원이 있다. 나머지 십 원은 심부름을 마치고 오면 줄게."

그때 십 원이면 건빵 한 봉지 값이었다. 어머니는 내게 일 원짜리 동전 한 닢 주지 않았고, 그래서 나는 군것질이라곤 해본 적이 없었다. 나는 이게 웬 떡이냐 싶어 곧바로 응낙했다.

"저기 밑에 파란 대문 집 보이지? 그 집에 가서 초인종을 눌러. 그리고 피아노 선생님을 만나러 왔다고 해라. 그러면 예쁜 누나가 나올 거다. 그 누나한테 이 편지를 좀 전해 줘. 그 누나가 아닌 사람한테는 절대 편지를 주면 안 돼. 편지를 가져왔다는 말조차 하지 말고."

그 정도 심부름에 건빵 두 봉지라니! 나는 청년이 준 편지를 들고 쪼르르 파란 대문 집으로 달려갔다. 초인종을 눌렀다. 집 안에서 뚱뚱한 아주머니가 나왔다.

"누구니?"

"피아노 선생님을 만나러 왔어요."

"왜?"

나는 할 말이 없었다. 편지를 전해 주러 왔다는 말을 해서는 안 되기 때문이었다. 내가 머뭇거리자 뚱뚱한 아주머니가 물었다.

"너도 피아노 학원에 다니니?"

"네."

수치스럽게도 나는 거짓말을 했다.

"그럼, 이리 들어와."

그 집은 특이하게도 앞뜰은 전혀 없는데 뒤뜰이 엄청나게 넓었다. 그래서 밖에서는 초라해 보였지만, 막상 안에 들어가 뒤뜰로 돌아가자, 매우 잘 가꾼 부잣집임을 알 수 있었다. 뒤뜰 화단에는 장미 덤불이 있었고, 단풍나무도 몇 그루 심어져 있었다. 올록볼록한 정원석 사이로는 작은 연못도 있었다. 나는 이런 정원을 처음 보았으므로 눈이 휘둥그레졌다. 화려한 정원에 서 있자니, 나는 문득 내 구멍 난 운동화가 부끄러워졌다.

피아노 선생님은 바로 작은 연못 곁의 의자에 앉아 있었다.

"윤희야, 꼬마 손님이 왔다."

뚱뚱한 아주머니는 나를 '예쁜 누나'에게 데려다주고 집으로 들어가 버렸다. 나는 머뭇머뭇 다가갔다.

"넌 누구니?"

읽던 책에서 눈을 떼고 예쁜 누나가 말을 건넸다. 순정 만화의 주인공처럼 얼굴이 하얗고 목이 길었다. 독특하게 눈꼬리가 올라간 눈매는 어린 내가 보기에도 무척 아름다웠다. 분홍색 티셔츠 위로 볼록하게 튀어나온 가슴은 뛰어들어 안기고 싶은 충동이 들 만큼 아주 푹신하게 느껴졌다.

나는 이 심부름이 갑자기 수치스럽게 느껴졌는데, 그건 심부름 자체 때문이 아니라 심부름 삯으로 받기로 한 이십 원 때문이었다. 이십 원 때문에 이 예쁜 누나에게 왔다는 사실이 몹시 비참하게 생각되었던 것이다.

"내게 할 말이 있니?"

"네. ……피아노 선생님이세요?"

"그래, 무슨 일이지?"

"편지를 가져왔어요. 어떤 아저씨가 전해 주랬어요."

나는 편지를 내밀었다. 그리고 곧바로 돌아섰다. 그때 여자가 나를 불러 세웠다.

"잠깐만!"

여자는 나를 세워 둔 채 한참 동안이나 편지를 꼼꼼히 읽고는, 잠시 뒤 편지에서 눈을 뗐다. 좀 화가 난 표정이었다.

"너, 이 편지를 전해 달라고 한 사람 잘 아니?"

"몰라요, 처음 본 아저씨예요."

"그렇구나. 이 심부름 해 주고 너는 얼마를 받기로 했지?"

너무 노골적인 질문이어서 나는 얼굴이 새빨개졌다.

"……이십 원이요."

"내가 백 원 주마. 내 심부름도 해 주겠니?"

"……."

"가서 그 사람한테 이렇게 말해. 다시 한번 더러운 개수작 하면 경찰에 알려 혼찌검을 내 주겠다고 말이야."

예쁜 여자의 입에서 '개수작'같이 거친 말이 나오는 게 놀라웠다.

"한 마디도 빠뜨려선 안 돼. 자, 외워 보렴."

"……다시 한번 더러운 개수작하면 경찰에 알려 혼찌검을 내 주겠다."

"넌 기억력이 아주 좋구나. 자, 여기 심부름 삯 백 원이 있다. 이제 가 봐."

여자는 둥근 양철 탁자에 백 원짜리 종이돈을 찰싹 소리 나게 얹었다. 나는 그 돈을 받는 대신 여자를 쏘아보았다. 내 자존심은 엉망이 되어 있었다. 다시 책을 집어 들던 여자가 나를 바라보았다.

"왜 그러니?"

"그런 심부름은 할 수 없어요."

"어째서?"

"저는 그 편지에 누나를 화나게 하는 말이 담겨 있는 줄 몰랐어요. 남의 편지를 뜯어 볼 수는 없는 노릇이니까요. 그러니 누나를 화나게 한 건 제 잘못이 아니에요."

나는 모욕감 때문에 흥분해 서슴없이 누나라는 호칭을 사용했다. 뭐라 불러야 할지 망설였지만, 아줌마라고 부르기는 좀 어색했기 때문이었다.

"누가 너더러 잘못했대?"

"저는 그 편지가 누나를 화나게 할 줄 몰랐기 때문에 심부름을 했어요. 하지만 누나가 전하라고 한 말은 그 아저씨를 화나게 할 거예요. 그러니 저는 누나의 심부름을 하지 않겠어요."

"그건 물론 네 자유야. 싫다면 관두렴!"

"다시는 이런 편지 심부름 따윈 하지 않겠다고 약속하겠어요."

"좋아. 하지만 이 돈은 네가 가져도 좋아."

"싫어요. 우리 아버지가 공돈은 받지 말라고 하셨어요."

"공돈은 아니야. 이런 심부름을 하지 않겠다고 약속한 데 대한 보상이야."

"스스로 다짐한 약속 때문에 돈을 받는 사람은 없어요."

그 말에 여자는 나를 놀랍다는 듯 바라보며 빙긋 웃었다.

"좋아. 그럼, 우리 조금만 더 얘기를 나누자꾸나. 그건 괜찮겠지?"

나는 응낙하고 자리에 앉았다.

"너 아주 당돌한 아이로구나. 집은 어디니?"

여자가 사뭇 부드럽게 말했으므로 내 마음도 이내 부드러워졌다.

"산꼭대기에 있어요."

"산꼭대기?"

"네, 한쪽 밑은 마을이구, 다른 쪽 밑은 숲이에요. 저는 마을보다 숲을 더 좋아해요. 숲은 철조망이 쳐 있는데……."

나는 우리 동네와 우리 집에 대해 한참 동안 더 설명해 주었다. 여자는 부드럽게 웃으며 내 말을 들었다. 기종이 이야기를 듣고는 하얀 이빨을 드러내고 깔깔 소리 내어 웃기도 했다. 예쁜 누나가 내 말을 귀 기울여 들어 준다는 사실에 나는 매우 만족했다.

"숲에 살지 않는 사람이 숲을 가지고 있는 게 불공평하다고? 얘, 너는 생각하는 것이 아주 어른스럽구나. 지금 몇 살이지?"

"아홉 살이요."

"내 남동생은 중학생인데도 어린아이나 다름없어. 하지만 아이는 아이다워야 좋은 거야."

"저는 제가 아이답지 않다는 생각은 해 본 적이 없어요."

"그럴 테지. 네가 마음에 들어. 앞으로도 놀러 와 주겠니?"

"하지만 편지 심부름을 하지 않겠다고 약속했잖아요."

"그런 심부름 말고, 그냥 놀러 오라는 거야. 숲에 놀러 가 듯이 우리 집에 놀러 와. 그리고 나한테 숲에 대한 얘기를 해 줘."

"숲 얘기는 이미 다 했어요."

"그럼, 네 동네 친구들 얘기도 좋아. 네 얘기는 아주 재미 있으니까. 조그만 아이가 무슨 얘길 그렇게 재미있게 하니? 넌 이담에 크면 소설가가 되렴."

"소설가가 뭔데요?"

"이야기를 글로 쓰는 사람이야."

윤희 누나는 예쁘게 웃었다. 그 여자는 내 미래 직업을 가장 일찍 예견해 준 사람이었다. 하지만 그때 나는 소설가라는 직업을 한 번도 들어 본 적이 없었다. 내 꿈은 석수장이였다. 아버지가 다니는 채석장 주변에는 돌 깎는 집들이 많았다. 그곳 석공들은 거대한 돌덩이를 다듬어 아름다운 형상을 빚어냈는데, 나는 이 작업을 늘 감탄스러운 눈빛으로 지켜보곤 했었다.

그날 나는 윤희 누나와 아주 오랫동안 이야기를 나눴다. 때문에 심부름을 마치면 받기로 했던 나머지 돈 십 원은 깨끗이 포기해야만 했다. 윤희 누나 집을 나와 보니 얼굴이 창백한 청년은 이미 가 버렸고, 그가 서 있었던 자리에는 담배꽁초만 수북이 쌓여 있었다.

나는 얼마 뒤 그 청년이 우리 동네 '골방철학자'였음을 알게 되었다.

아무짝에도 쓸모없는 인간

산동네 낮 시간은 늘 한적했다.

어른들은 일하러 가고, 아이들은 숲으로 몰려가 버리기 때문이었다. 그래서 동네에는 토굴할매처럼 나이 많은 노인이나 어머니처럼 살림만 하는 주부들이 몇 명 남아 있을 뿐이었다.

물론 그 밖에도 한낮에 집에서 어슬렁거리는 사람이 전혀 없지는 않았는데, 이런 사람은 대체로 동네 어른들이 '아무짝에도 쓸모없는 인간'이라고 부르는 부류였다. 그리고 '아무짝에도 쓸모없는 인간' 부류 가운데 대표적인 사람이 골방철학 자였다.

골방철학자는 기종이네 바로 뒷집에 살고 있었다. 그는 별명답게 온종일 골방에만 처박혀 도무지 바깥출입이라곤 하지 않았다. 그래서 나는 이사 온 지 꽤 오래 지나도록 그를 보지 못했다.

물론 나는 이미 동네 아이들로부터 골방철학자에 관한 얘기를 많이 듣고 있던 터였다.

동네 아이들은 그를 '미치광이'라고 했다.

"미쳤기 때문에 골방에 갇혀 있는 거야. 하지만 가끔 몰래 골방에서 빠져나오기도 해. 나는 개울가에서 골방철학자를 몇 번 본 적이 있어. 히죽히죽 웃으며 손짓을 하더라구. 재수 없게스리."

검은제비는 이렇게 말하며 이빨 사이로 침을 찍 뱉었다.

"골방은 알겠는데 철학자는 또 뭐야?"

"철학자? 그건 말이야, 미치광이라는 뜻이야."

"그 사람 정말 미쳤어?"

"넌 미친 사람을 한 번도 본 적이 없구나. 미친 사람은 모두 혀가 파랗거든. 골방철학자도 마찬가지야. 내가 보니깐 입술까지 파랗더라고. 아무튼 골방철학자는 아무짝에도 쓸모없는 쓰레기야."

검은제비는 어른들처럼 말하며 낄낄 웃었다.

그러나 이상하게도 기종이만큼은 그를 미치광이라고 생각
하지 않았다. 기종이는 검은제비가 없는 자리에서 내게 이렇
게 말했다.

"검은제비 새끼는 순 공갈꾼이다. 골방철학자는 절대루 미
치광이가 아니야. 나는 골방철학자하고 직접 말을 해 본 적도
있다. 골방철학자의 정체는⋯⋯."

기종이는 '아차' 하는 표정으로 입을 다물었다.

"뭔데?"

"말할 수 없다. 왜냐하면 이건 비밀이거든. 아무에게도 말
하지 않기로 맹세까지 했다."

기종이의 표정은 사뭇 비장했다.

"미안하게두, 나는 정말 이 비밀만큼은 털어놓을 수 없다.
이 약속을 어기면 나는 죽게 된다. 이건 그만큼 중요한 비밀
이기 때문이다. 네가 내 목을 조르더라도 나는 말할 수 없다.
아니, 네가 뜨거운 부지깽이로 내 몸을 지진다 해도 어쩔 수
없어."

내가 뭣 땜에 기종이에게 그런 가혹한 짓을 하겠는가!

"나는 네 목을 조르지도, 네 몸을 부지깽이로 지지지도 않아."

"그럴지도 모른다는 말이야."

"절대루 그러지 않아."

"하지만 너는 궁금하잖니?"

"아니, 전혀 궁금하지 않아!"

"이건 엄청난 비밀이다. 때문에 나는 도저히 이 비밀만큼은 말할 수 없는 거야. 네가 나를 절벽에서 밀어 버리겠다고 협박한다 해도……."

"나는 너를 절벽에서 밀어 버리고 싶지 않아."

"진짜 민다는 것이 아니라, 그렇게 협박을 한다는 말이야."

"협박도 안 해!"

"하지만 너는 캐묻고 싶은 표정이잖아? 내 목에 칼을 들이대서라도 말야."

"알아서는 안 될 비밀을 내가 뭣 때문에 알려고 하겠어?"

"왜냐하면 이건 엄청난 비밀이기 때문이지. 이런 비밀은 누구나 알고 싶어 안달이 나기 마련이거든."

기종이는 힐끔 내 눈치를 보았다.

"만일 간지럼을 태운다면 나는 어쩔 수 없이 말하고 말 거야. 나는 간지럼에는 무척 약하기 때문이다. 하지만 그건 고문을 당했기 때문에 어쩔 수 없이 말한 거다. 나는 최후까지 버틴 셈이지."

"나는 너한테 그런 고통을 주고 싶지 않아."

기종이는 푸욱 한숨을 내쉬며 나를 원망스레 흘겨보았다.

"나는 너처럼 야박한 아이는 처음 본다. 만일 네가 나를 고문해 준다면 내 마음이 한결 가벼울 텐데."

"어째서?"

"왜냐하면 비밀을 숨기고 있는 건 매우 고통스러운 일이기 때문이지."

"알았어. 그럼 간지럼을 태워 줄게."

나는 하는 수 없이 기종이 겨드랑이를 조금 간질여 주었다.

"으으~ 으으~ 그만! 제발 그만해! 모든 비밀을 털어놓겠다. 으으~ 골방철학자는…… 안 돼! 나는 말할 수 없어!"

기종이는 고문당하는 연극을 한바탕 한 끝에 비밀을 털어놓았다.

"으으~ 골방철학자는…… 외계인이다! 그는 먼 별나라에서 살다가 지구에 왔다. 으으~"

아니나 다를까, 또 허튼소리였다.

그러나 어머니는 골방철학자를 미치광이로도 외계인으로도 생각하지 않았다. 어머니 말에 따르면, 그는 무슨 고시 공부를 하고 있다는 거였다.

"고시가 뭐야?"

"시험이야. 왜 너도 학교에서 시험을 보잖니?"

"하지만 어른들이 왜 시험을 봐?"

"좋은 직업을 가지려고 그러지."

"좋은 직업을 가지려면 온종일 골방에 틀어박혀 있어야 해?"

"글쎄, 난들 알겠니?"

어머니는 혀를 끌끌 차며 혼잣말로 중얼거렸다.

"골방에 틀어박혀 공부를 하는지 낮잠을 자는지, 원."

그 말로 미루어 보건대, 어머니 또한 골방철학자를 '아무 짝에도 쓸모없는 인간'이라 생각하는 게 틀림없었다.

어머니 말에 따르면 이랬다. 골방철학자는 할머니나 다름 없는 홀어머니와 단둘이 살고 있다. 노모는 생선 장사를 하며 골방철학자의 시험 뒷바라지를 하고 있다. 그런데 그는 한 번도 시험에 붙은 적이 없었다. 몸뚱이가 팔팔한 젊은이가 늘 낙방만 하는 시험공부를 핑계로 노모한테 생선 장사를 시키는 꼴은 그다지 바람직한 모습이 아니다. 바로 그래서 동네 사람들이 골방철학자를 '아무짝에도 쓸모없는 인간' 취급하는 것이다…… 등등.

어머니 얘기를 듣자, 나는 골방철학자가 어떤 사람인지 더욱 궁금해졌다. 아니, 그보다 '아무짝에도 쓸모없는 인간'이 대체 어떤 사람인지 궁금해졌다.

돌멩이는 장독 뚜껑을 눌러 놓는 데 쓸모가 있고, 개똥은 나무 거름을 주는 데 쓸모가 있다. 세상에 쓸모없는 것이라고는 단 하나도 없다. 골방철학자도 마찬가지다. 잘 궁리해 보면 그도 반드시 뭔가 한 군데쯤은 쓸모가 있을지 모른다. 그러니 '아무짝에도'라는 말은 좀 이상했다. 아무리 궁리해 봐도 정 쓸모가 없다면, 골방철학자더러 돌멩이 대신 장독 뚜껑 위에 올라가 있으라고 하면 되지 않는가.

하지만 기종이 말대로 그가 진짜 외계인이라면, 그건 어쩔 수 없는 일이다. 도대체 외계인을 어디에다 써먹겠는가! 외계인으로는 장독 뚜껑을 눌러 놓을 수도 없는 노릇이다. 아무리 궁리해 봐도 외계인은 정말 아무짝에도 쓸모가 없다. 그래서 나는 골방철학자가 진짜 외계인일지도 모른다고 생각했다.

❄   ❄   ❄

나는 골방철학자를 아주 괴상한 모습으로 상상하고 있었기 때문에, 편지 심부름을 시킨 청년이 골방철학자이리라곤 생각도 못 했다. 그러나 그를 두 번째 만났을 때는 대번에 알아차릴 수 있었다. 그건 아마 그를 산동네 바로 밑 숲속에서 만났기 때문일 것이다.

학교를 마치고 집에 돌아가는 길이었다. 나는 숲속 개울을 따라 걷고 있었다. 숲에는 나를 유혹하는 놀잇감들이 너무 많았다. 말안장처럼 생긴 상수리나무 줄기, 나무 위에 붙은 풍뎅이나 매미, 개울 바위 밑의 작은 가재들……. 운이 좋으면 도마뱀까지 잡을 수 있었다. 그뿐만 아니었다. 간간이 눈에 띄는 산딸기, 머루, 까마중 따위의 산열매 또한 하굣길의 내 발을 붙잡곤 했다.

나는 숲의 놀잇감들을 마음껏 즐기며 걷다가 개울가 너럭바위 위에 앉아 있는 사내를 발견했다. 그는 내게 편지 심부름을 시켰던 바로 그 청년이었다. 나와 눈길이 마주치자 그는 가까이 오라는 손짓을 해 보였다.

그 순간 나는 그가 골방철학자임을 곧바로 알아차렸다. 유령처럼 창백한 얼굴과 잉크를 먹은 듯 파란 입술이 그날따라 유난히 더 두드러져 보였기 때문이었다. 그에 대한 동네 아이들의 갖가지 풍설이 떠올랐고, 나는 그에게 강한 호기심을 느꼈다. 내가 다가가자 그는 밝게 웃었다.

"네가 걸어오는 모습을 줄곧 지켜보고 있었어. 너는 매우 천천히 걷더구나. 그건 숲을 사랑하는 사람만이 걸을 수 있는 걸음이야. 나는 숲을 아주 좋아한단다. 너도 저 산동네에 사니?"

나는 고개를 끄덕여 보였다.

"아이들은 어째서 나를 싫어하지? 나는 아이들이 좋은데……. 이 자리에 앉아서 아이들한테 손짓을 해 보였어. 하지만 나한테 가까이 오는 아이는 좀처럼 없었지."

"아이들은……."

나는 좀 망설였지만, 호기심이 너무 동했으므로 이내 솔직히 말했다.

"아저씨를 미쳤다고 생각해요."

"그것참, 놀랍구나. 너도 그렇게 생각하니?"

"저는 아저씨에 대해 그리 잘 알지 못해요."

"하긴 내가 좀 남달라 보이기는 할 테지. 사람들은 특이한 사람을 때로 미친 사람으로 착각하기도 한다."

"그럼 아저씨는 특이한 사람이에요?"

"그렇게 보인다는 뜻이야. 하기야 내게 특이한 점이 없지는 않지. 이를테면 나는 일을 하지 않거든."

"우리 아버지는 일하지 않는 사람을 좋아하지 않아요."

그러자 그는 별안간 발칵 화를 냈다.

"너희 아버지가 나를 좋아하든 말든 그게 나와 무슨 상관이냐? 나는 남의 눈을 의식하며 사는 사람이 아니야!"

그는 몇 번 쿨럭쿨럭 기침을 내뱉은 뒤 재빨리 태도를 바꾸었다.

"미안하다. 이놈의 기침 때문에……. 너한테 화를 낸 게 아니야. 이 기침한테 화를 낸 거지. 기침은 아주 성가신 거야."

그는 교활하게 웃었다.

"나는 동네 사람들이 나를 비웃는다는 걸 잘 알고 있어. 하지만 사람들은 내가 일을 하지 않기 때문에 비웃는 게 아니라 돈을 못 벌기 때문에 비웃는 거야. 그래, 나는 분명 돈 버는 일을 하지 않아. 하지만 꼭 돈 버는 일만 중요한 게 아니야. 나는 정말 많은 일을 한단다."

"아저씨는 무슨 일을 하는데요?"

"우선 나는 공부를 한다. 공부는 가장 유익한 일이지."

"시험공부요?"

"아니, 아니, 난 시험공부 따위는 하지 않아. 가만……. 그런데 너는 어째서 내가 시험공부를 하고 있다고 생각한 거지? 넌 나에 대해 뭘 알고 있니? 동네 사람들이 하는 얘기를 죄다 들은 게로구나. 내 심부름을 해 줄 때부터 너는 내가 누군지 알고 있었니? 그 여자한테 나에 대한 이야기를 죄다 늘어놓았니?"

"아니요. 그런 일은 없었어요."

"어쨌든 나를 그렇게 빤히 쳐다보지 마! 꼬마 놈들 마음속에는 도대체가 호기심밖에 없는 모양이지? 젠장!"

그는 또 화를 냈다. 그러더니 몇 번 기침을 했다.

"아니, 미안하다. 기침 때문이야. 기침은 정말 짜증 나는 거야. 사람들의 편견은 꼭 가래침 같단다. 칵 뱉어 버리고 싶지만, 목구멍에 찐득찐득 달라붙어 뱉을 수가 없지. 너는 이런 심정을 도무지 이해하지 못할 거야."

심정은커녕 그의 말조차 이해할 수 없었다. 하지만 어쩐지 그가 불쌍해 보였다.

골방철학자는 중얼거렸다.

"세상에는 속물들이 너무 많아……."

"속물이 뭐예요?"

"오직 배 채울 궁리만 하는 인간들 말이다. 그런 인간들이 바로 속물이지. 얘, 저기 개미 떼 좀 봐라. 빵가루에 달라붙어 우글거리고 있잖니? 속물이란 바로 저 개미 떼 같은 거야. 물론 저 빵가루는 내가 던져 줬지. 나는 개미들이 빵가루에 달라붙어 발버둥 치는 꼴을 즐기는 거야. 나는 개미들을 동정하듯 속물들을 동정한단다. 속물들은…… 밉다기보다는 불쌍한 사람들이야. 나는 그들이 불쌍해서 눈물까지 난단다."

하지만 그는 슬퍼하는 대신 화를 내고 있었다. 그러나 그를 힐끗 쳐다본 순간, 나는 멈칫하지 않을 수 없었다. 개미 떼를 내려다보고 있는 그의 눈에 진짜 두 줄기 눈물이 흐르고 있었기 때문이었다.

그는 주머니에서 빵가루를 꺼내 개미들 앞에 흩뿌려 주며 중얼거렸다. 그건 내게 하는 말이라기보다는 개미 떼에게 하는 말처럼 들렸다.

"나는 정말 외롭단다. 특이하기 때문에 외로운 거지. 그래서 나는 슬픈 거야."

그러더니 쿨럭쿨럭 기침을 하며 또 화를 냈다.

"하지만 내가 너 같은 꼬마를 붙잡고 얘기를 하는 건 외롭기 때문이 아니야. 나는 이래 봬도 대학까지 나왔어. 산동네에서 대학 나온 사람은 나밖에 없지. 그런데 넌 왜 안 가고 내 옆에 붙어 있는 거냐? 내게서 뭔가 얘깃거리를 캐내 온 동네에 입방아를 찧고 다니려는 속셈이지? 저리 가! 나는 아이 놈들이라면 아주 질색이야!"

미치광이까지는 아닐지 몰라도 심한 변덕쟁이인 것만큼은 틀림없다고 나는 생각했다. 어쨌든 외계인은 아닌 듯 싶었다. 호기심이 시들해지자 그의 변덕스러운 신경질을 받아 주기도 고역스러워 나는 그의 곁을 떠났다.

다음 날 하굣길에서 또 골방철학자를 만났다. 나는 그와 눈길을 마주치지 않으려고 시치미를 떼고 걸었다. 그러나 그는 나를 덥석 안아 메고는 개울가 너럭바위 위로 데려갔다.

"놔요, 놔!"

나는 끌려가지 않으려고 발버둥 쳤지만, 발이 땅에 닿지 않으니 어쩔 도리가 없었다. 비록 하는 짓은 어른답지 않아도, 그는 나보다 두 배쯤 큰 어른 몸뚱이를 가졌던 것이다. 나는 맥없이 끌려온 데 화가 나서 고래고래 고함을 질렀다.

"사람 살려어~ 사람 살려어~ 미치광이가 나를 잡아먹는다~"

그는 큰 손으로 내 입을 틀어막았다.

"조용히 해. 그러지 않으면 정말 너를 잡아먹겠어."

나는 입을 다물었다. 그의 위협에 겁을 먹었기 때문이 아니라, 그의 하얀 손이 내 입을 틀어막고 있는 게 싫었기 때문이었다. 그는 이내 내 입에서 손을 뗐지만, 나는 여전히 화가 나 한마디도 하지 않았다.

"어제는 정말 미안했다. 자, 이 건빵 좀 먹을래? 저런, 화가 단단히 났구나."

마치 허물을 벗은 것처럼 그의 말투는 어제와 완전히 딴판이었다.

"사실은 어제 너한테 저번 편지 심부름에 대해 묻고 싶었어. 그런데 그런 걸 묻는 건 무척 자존심이 상하는 일이거든. 왜냐하면 그건……. 너도 나중에 어른이 되면 자연히 알게 될 거야. 아참, 내가 나머지 심부름 삯을 아직 안 줬지? 자, 여기 있다."

그는 남방셔츠 윗주머니에서 십 원짜리 한 장을 꺼내 주었다. 받지 않으면 더 귀찮아질 것 같아 나는 일단 받아 두었다. 그는 안심하는 표정으로 내게 물었다.

"편지는 잘 전해 줬니?"

"네."

"다른 말은 없었고?"

"네."

'더러운 개수작 하지 말라'는 말은 차마 꺼내지 못했다.

"넌 그 집에서 한참 동안이나 나오지 않더구나. 그 여자와 무슨 얘길 나눴지?"

"편지를 전해 주려고 오래 기다렸을 뿐이에요."

나는 그가 시시콜콜 캐묻는 게 귀찮아서 거짓말을 둘러댔다. 그는 고개를 끄덕이고는 바지 뒷주머니에서 편지를 꺼냈다.

"한 번만 더 심부름을 해 주겠니?"

"그런 심부름은 인제 그만두겠어요."

"왜? 그 여자가 너를 야단치던?"

"아뇨, 하지만 그 편지는 그 누나를 화나게 했어요. 그리고 저는 인제 다시는 편지 심부름을 하지 않겠다고 약속했어요."

"화를 냈어?"

"네, 그것도 많이요."

"……."

그는 금세 침통해졌다.

"어쨌든 이 편지를 전해 다오."

"싫어요."

"이 자식이!"

그는 내 목덜미를 덥석 잡아 쥐었다. 한차례 때리겠다는 듯이 표정이 험상궂었다. 내가 전혀 두려워하는 기색을 보이지 않자, 그는 교활하게도 "장난이었어." 하며 웃었다. 나는 일어섰다.

"저는 가겠어요."

"앉아!"

"가겠어요."

"앉으라고 했잖아!"

그는 버럭 고함을 치고는 이내 쿨럭쿨럭 기침을 했다. 내가 다시 자리에 앉은 것은 그의 고함 때문이 아니었다. 그가 기침을 하며 중얼거린 소리 때문이었다.

"쌍년! 죽여 버리겠어……."

가래 끓는 기침에 섞인 그 목소리는 너무 섬뜩했다. 그가 정말 그렇게 할지도 모른다는 생각이 들었고, 윤희 누나를 보호해야 한다는 사명감도 떠올랐다.

"……편지를 전해 줄게요."

간신히 기침을 가라앉힌 골방철학자는 한참 동안 넋이 빠진 사람처럼 멍하니 있다가 이윽고 나직하게 한숨을 쉬었다.

"그만둬라."

"하지만……."

"하지만 뭐냐?"

"편지를 전해 주지 않으면, 그 누나를 미워할 거잖아요?"

"미워해? 내가? 아니야……. 나는 도저히 그럴 수 없을 게
다."

"그러면 왜 죽여 버린다고 말했어요?"

"그건 화가 났기 때문에 한 말이지 진심이 아니야."

"또 기침 때문에 화가 났던 거예요?"

"기침은 성가신 거지 화를 돋우는 건 아냐."

"그럼 그 누나 때문에 화가 난 거예요?"

그는 나를 물끄러미 바라보다가 한숨을 쉬었다.

"얘야, 너도 어른이 되면 세상에 화나는 일이 얼마나 많은
지 알게 될 거야. 하지만 다른 사람한테 화를 내더라도, 그건
결국 자신한테 화를 내는 거란다. 자신이 밉기 때문이지. 그래
서 우리는 자신이 미워지지 않도록, 늘 조심해야 하는 거야."

골방철학자는 내가 보는 앞에서 편지를 갈가리 찢어 개울

물에 띄워 버리고는 푸욱 한숨을 쉬었다.

"그 속물적인 여자를 미워할 수 없는 내가…… 나는 진저리 쳐지도록 미운 거야!"

그는 자리에서 일어나 산동네 쪽으로 비틀비틀 걸어갔다. 나는 그가 그토록 미워하는 '속물'이 뭔지 점점 더 궁금해졌다.

풍뎅이영감

골방철학자의 말대로 속물이 '오직 배 채울 궁리만 하는 인간'이라면, 대번에 속물로 떠올릴 수 있는 사람이 한 명 있었다. 그는 산동네에서 심심찮게 분란을 일으키던 풍뎅이영 감이었다. '풍뎅이영감'은 몸집이 땅딸하고 얼굴이 까무잡잡하기 때문에 붙여진 별명이었다.

별명 얘기가 나와서 말이지만, 내가 살던 산동네에는 온통 별명투성이였다. 아이들 사이에서 부르는 별명도 있고 어른들 사이에서 부르는 별명도 있지만, 어쨌든 별명이 없는 사람은 거의 없었다. 싸움쟁이 부부가 사는 우리 옆집을 예로 들어 보자. 그 집 별명은 '쌈쟁이네 집'이었고, 그 집 가장 별명은 '오지랖'이었다. 그는 오지랖이 넓게 온갖 동네일에 참견하고 다녔는데, 게다가 하필이면 그의 이름이 '오지엽'이었다. 남편 별명 덕분에, 아내 별명은 덩달아 '지랖네'가 되었다. 그러나 당사자가 없는 자리에선 '지랄네'로 통했다. 그 집 큰 딸 금복이는 '악바리', 둘째딸 은복이는 '작은 악바리', 심지어 이제 겨우 세 살배기인 돈복이까지 '돋보기'란 별명을 가지고 있었다. 또 이 세 딸을 합쳐 부르는 별명이 '금은방'이었고, 그래서 '쌈쟁이네'란 택호는 종종 듣기 좋게 '금은방네'로 바뀌기도 했다. 한 집만 따져 봐도 이 정도이니, 산동네 전체를 합하면 별명의 숫자는 어마어마할 것이다.

우리 집 식구는 꽤 오랫동안 별명이 없었는데, 나중에야 '꼭대기아저씨' '꼭대기아줌마'라는 별명이 생겼다. 우리 집이 산동네 제일 꼭대기에 있기 때문이었다. 우리 식구가 없는 자리에서는 뭐라 불렀는지 알 수 없는 노릇이다. 내 별명은 '노란네모'였는데, 그런 별명을 갖게 된 사연은 나중에 다시 얘기하기로 하자.

'꼭대기아저씨'야 그런대로 애교스러운 별명이지만, '풍뎅이영감'은 그리 듣기 좋은 별명이 아니어서 당사자 앞에서 이렇게 부르는 사람은 아무도 없었다. 정식 호칭은 '최 영감님' 또는 '최씨 할아버지'였다. 하지만 산동네 사람들 입과 귀는 '풍뎅이영감' 쪽에 더 익숙해져 있었는데, 그건 그를 '최 영감님'으로 부를 기회가 그만큼 적었기 때문일 것이다. 말하자면 그는 매일 얼굴을 맞대고 사는 산동네 주민이 아니었다.

풍뎅이영감은 어쩌다 한 번씩 산동네에 들러 이웃들을 들들 볶고 가는 고약한 불청객이었다. 어른들은 풍뎅이영감 앞에서는 쩔쩔맸지만, 뒤에서는 저주와 욕설을 퍼붓곤 했다.

"저놈의 영감태기, 언덕 내려가다가 칵 넘어져 허리나 부러져라! 그래야 다시는 산동네에 못 올라오지."

풍뎅이영감이 언덕길을 내려가는 모습을 보면 아닌 게 아니라 좀 아슬아슬해 보였다. 풍뎅이영감은 조그만 체구에 하체는 빈약하고 배는 볼록 튀어나와 전체적으로 보면 진짜 동그란 풍뎅이처럼 보였다. 그래서 언덕길 내려갈 때는 그만 공처럼 떼굴떼굴 굴러가 버릴 것 같은 느낌마저 들었다. 그러나 그는 어쩌나 조심조심 걷는지 설사 언덕길에 참기름을 반질반질 발라 놓아도 결코 넘어질 사람이 아니었다.

동네 사람들이 풍뎅이영감을 얼마나 미워하는지는 숲속 풍뎅이들이 당하는 수난을 봐도 잘 알 수가 있다.

풍뎅이영감이 다녀간 날이면, 아이들은 풍뎅이를 잡아 다리 여섯 개를 모조리 잡아 뽑은 다음 개미굴 앞에다 던져 버렸다. 풍뎅이는 개미 떼의 끈질긴 공격에 등짝으로 뱅글뱅글 돌며 안타깝게 몸부림치다가 결국 개미들의 밥이 되고 말았다. 그래서 개미굴이 있을 만한 숲속 나무 밑에는 개미 떼가 뜯어 먹고 남은 풍뎅 껍데기를 드물잖게 볼 수 있었다. 그 작고 가련한 생명체의 처참한 몸부림을 보면서 아이들은 낄낄거리며 노래를 불렀다.

풍뎅이영감 다리를 똑똑 분질러 개미굴에 던지면,
풍뎅아, 풍뎅아, 뱅글뱅글 돌아라!

끔찍한 노래였다. 아이들은 때때로 잠자리 꽁지에 풀줄기를 꽂아 날리거나 돋보기로 개미를 그슬러 죽이는 식의 잔인한 장난을 즐겼지만, 풍뎅이를 죽이는 장난은 특히 소름이 쭉 끼칠 정도로 잔인했다. 내가 보기에, 그것은 단순한 장난이 아니었다. 풍뎅이 다리를 하나씩 잡아 뽑을 때 아이들은 증오심으로 가득 찬 표정이었고, 몸부림치는 풍뎅이를 보며 노래를 부를 때는 희열로 들떠 있는 표정이었다.

아이들의 이런 잔인성은 물론 죄다 어른들이 심어 준 것이다. 산동네 어른들은 대체로 말씨가 매우 거친 편이었다. 이를테면 아이가 어머니에게 군것질할 돈을 달라고 칭얼댔다 하자. 어미 입에서는 대뜸 이런 독설이 튀어나온다.

"아아나, 돈! 에미 허벅지 살을 북북 떼서 푸줏간에 팔아다 써라!"

그때 아이가 입을 삐죽이며 군소리라도 한마디 했다 하자.

"칵, 조놈의 조동아리 바늘로 쫑쫑 꼬매 뿌릴라!"

이런 끔찍한 독설이 아주 예사말처럼 아이들에게 퍼부어졌다. 이런 독설이 아이들에게 영향을 주지 않았다면, 그게 오히려 이상한 일일 것이다.

물론 말씨가 거칠다고 해서 행동까지 난폭한 것은 아니었다. 술을 마셨거나 싸울 때를 뺀다면, 그들은 오히려 비굴할 만큼 소심하고 순종적인 편이었다. 그건 풍뎅이영감 앞에서의 태도를 보면 잘 안다. 풍뎅이영감이 아무리 험한 욕을 퍼

부어도 그들은 쩍소리 한마디 못 했다. 얼굴만 시뻘게져 쩔쩔
매다가 막상 풍뎅이영감이 산동네를 내려가면 언제 그랬냐는
듯이 독설을 퍼붓기 시작하는 것이었다.

그건 어린 내 눈에도 대단히 비굴하고 치사해 보였다.

풍뎅이영감은 어른 아이 할 것 없이 산동네 주민에게 공동
의 적이었고, 특히 아이들은 풍뎅이영감이라면 마음껏 저주
해도 좋을 대상쯤으로 여겼다. '우리가 마구 죽여도 되는 놈
들을 베트콩이라 한다.'는 신기종식 정의가 풍뎅이영감한테도
고스란히 적용되었다고나 할까.

풍뎅이영감이 산동네에서 저지르는 횡포를 몰랐던 나는 아
이들 장난에 눈살을 찌푸리곤 했다. 하지만 얼마 뒤에 일어
난 작은 분란으로 나도 풍뎅이영감의 횡포에 공감하는 어엿
한 산동네 주민이 될 수 있었다.

풍뎅이영감은 산동네 아래 한옥 주택가에 사는 사람인데도
산동네에 두어 채 집을 가지고 있었다. 훗날 어머니에게 물어
안 얘기지만, 그 정황은 대체로 이러했다.

산동네에 무허가 집들이 하나둘 들어설 무렵, 아랫동네에
살던 풍뎅이영감은 재빨리 땅을 잡아 말뚝부터 박아 놓았다.

그리고 얼마 뒤 인부를 시켜 집 한 채를 얼렁뚱땅 지어 월세를 놓았는데, 이 월세 수입이 꽤 짭짤했던지 그는 조금씩 조금씩 집을 늘려 또 월세를 주었다. 이리하여 풍뎅이영감한테 월세를 바치는 '셋방 주민'이 무려 여덟 가구나 되었고, 그는 보름에 한두 번씩 장 보러 오듯 산동네에 나타나 월세를 거둬 가는 거였다. 물론 풍뎅이영감 쪽에서 보면 이런 월세 수거도 보통 힘든 노동이 아닐 것이었다.

터를 잡아 블록 올려 담 쌓고 지붕 덮으면 곧 제 집이 되는 무허가 산동네이건만, 그런 산동네에서 셋방살이하는 사람들의 형편이 오죽하랴. 그날 벌어 그날 먹는 사람들은 기껏 월 이삼천 원 안짝일 방세를 못 내어 늘 쩔쩔맸고, 풍뎅이영감은 그걸 못 받아 늘 안달복달이었다. 그래서 풍뎅이영감이 나타나는 날에는 온 동네가 시끄러워졌다. ……방을 당장 빼라, 한 번만 더 봐 달라, 이번이 도대체 몇 번째냐, 월말에는 꼭 갚겠다, 그러면 솥단지를 들고 가겠으니 돈 가지고 와서 찾아가라, 그걸 들고 가면 밥은 뭘로 지어 먹냐, 그건 당신 사정이다, 어쩌구저쩌구……. 그런 다음 날이면 애꿎은 숲속의 풍뎅이가 열댓 마리쯤 장례를 치르게 되는 것이다.

부동산 소유 개념을 알지 못했던 나로서는 풍뎅이영감이 일으키는 이 분란을 쉽사리 이해할 수가 없었다. 나는 어째서 풍뎅이영감이 '남의 집'에 와서 큰소리를 땅땅 치는지, 어째서 '제 집'에 사는 사람들이 도리어 쩔쩔매는지 이상스럽기만 했다. 이 의문에 대해—풍뎅이영감네 월세방 주민 가운데 하나이며, 그리하여 풍뎅이영감을 베트콩보다 더 증오하는—기종이는 대단히 명쾌한 설명을 해 주었다.

"그건 풍뎅이영감이 우리보다 먼저 이 집에 '야아도'를 했기 때문이다. 숨바꼭질할 때도 술래가 먼저 '야아도'를 하면 우리는 맥을 못 추잖니? 그것과 똑같은 거야."

그렇다. 숨바꼭질에서는 누가 먼저 술래 나무에 달려가 손도장을 찍으며 "야아도!"를 외치느냐에 따라 승부가 결정되곤 한다. 숨바꼭질뿐 아니었다. 아이들은 숲으로 달려가면 먼저 "야아도! 야아도!"를 외치며 마음에 드는 나무에 죄다 손도장을 찍어 놓았다. 그러면 다른 아이들은 그 나무에서 놀 수 없었고, 이것은 아이들 놀이의 불문율이었다. 이때 '야아도'는 기득권의 선언이며, 소유권의 선포인 셈이다. 이런 일은 물론 어른들 세계에서도 아주 흔하다. 단지 먼저 "야아도!"를 했다는 이유로 얼마나 많은 불평등이 합리화되고 있는가! 기종이는 나에게 '소유권'의 경제학적, 철학적 의미를 가장 알기 쉽고 명쾌하게 설명해 준 사람이었다.

"분하게도 우리는 한발 늦었다. 우리가 풍뎅이영감보다 먼저 이 집에 '야아도'를 해야 했는데……."

기종이는 비통하게 외쳤다.

하지만 여기에는 분명 이상한 점이 있었다. 왜냐하면 그 누구도 풍뎅이영감이 먼저 '야아도'를 한 것을 본 사람이 없기 때문이었다. 그렇다면 어째서 모두 풍뎅이영감이 먼저 '야아도'를 했다고 믿는 것일까? 자, 여기서 놀라운 일이 일어난다. 풍뎅이영감이 먼저 '야아도'를 했으리라는 믿음은 나의 위대하신 아버지의 힘으로 깨어지고 만다.

실수는 풍뎅이영감이 저질렀다. 그는 적어도 '연약한 여자'만큼은 건드리지 말았어야 했다. 왜냐하면 기사도 정신이 투철한 아버지는 여자를 괴롭히는 악당만큼은 결코 용서하는 법이 없었으므로. 더구나 아버지의 사랑하는 공주님인 어머니가 모욕을 당한 사태까지 발생했다면, 문제는 대단히 심각해진다.

사건은 풍뎅이영감이 기종이네 누나를 들볶은 일에서부터

시작된다. 방세가 밀리기론 기종이네도 예외는 아니었는데, 풍뎅이영감은 그 어린 오누이가 부모 없이 어렵게 산다고 해서 긍휼히 봐줄 사람은 아니었다. 풍뎅이영감은 대뜸 부엌에서 석유풍로를 집어 들고 나왔고, 기종이네 누나는 징징거리며 하소연했다. 걸핏하면 야근하는 기종이네 누나로선 석유풍로가 없어서는 안 될 필수품이었던 것이다.

"정말 너무하세요! 아예 안 갚겠다는 것도 아니고, 월급 때까지 한 번만 더 기다려 달라는 거잖아요."

"한 번만이 벌써 몇 번째야? 이젠 일없어. 풍로는 돈 갖고 와서 찾아가!"

"그럼 그동안에는 생쌀 씹고 앉아 있으란 거예요?"

기종이네 누나는 그동안 당해 온 분풀이까지 겸하여 제법 당돌하게 따졌으나 주위에 빙 둘러선 풍뎅이영감네 '셋방 주민'들은 자기네만 해도 약점이 많은지라 감히 편들어 나설 엄두를 못 냈다. 이런 분위기에 힘입어 풍뎅이영감은 더욱 기세를 올렸다.

"어린것이 어디서 늙은이한테 눈을 부라려! 부모 없이 자랐다더니 막되어 처먹었군."

"그래요, 부모 없이 자랐어요! 그래서 할아버지가 보태 준 거 있어요?"

"이, 이런 고약한 년! 여러 말 할 것 없어. 당장 방 빼!"

'방 빼!'는 풍뎅이영감의 마지막 무기였고, 상대방을 꼼짝 못 하게 만드는 말이었다. 기종이네 누나는 설움에 겨워 엉엉 울음을 터뜨렸다. 그때 곁에서 지켜보던 어머니가 나섰다.

"보자 보자 하니, 영감님도 정말 너무하시네. 부모 없이 살아가는 아이를 위로는 못 해 줄망정 그걸로 욕을 합니까?"

어머니는 당당했다. 어머니는 그때 모여 있던 사람들 가운데 유일하게 풍뎅이영감네 셋방 주민이 아니었던 것이다.

"아니, 댁은 뭔데 나서슈? 댁에서 방세를 대신 내주겠다는 거요?"

"도리가 그렇잖아요. 다그쳐도 처지를 봐서 다그쳐야지. 어디 사람 나고 돈 났지 돈 나고 사람 났답니까."

"그래서 아주머니가 방세를 대신 내주겠다는 거냔 말요."

어머니는 입을 다물었다. 돈은 도리보다 더 힘이 세니까.

"그쪽도 밑지는 일은 하기 싫지? 나도 마찬가지야! 누구는 하늘에서 돈이 펑펑 쏟아져서 공짜로 방 빌려주고 앉았나?"

"누가 공짜로 달라고 했어요? 저 아가씨가 월말에 갚겠다 잖아요."

풍뎅이영감은 어머니가 자기네 셋방 주민이 아닌 게 몹시 아쉽다는 듯 교활하게 눈을 굴렸다.

"그럼 월말까지 댁의 풍로를 담보로 잡아 둘까?"

어머니는 발끈해서 외쳤다.

"차라리 그러세요! 나 원, 보다 보다……. 영감님도 마음을 그렇게 쓰면 대접 못 받으십니다."

"여러 말 할 것 없소. 앞장서슈. 댁의 풍로를 준다고 했지?"

이 뻔뻔스러운 늙은이가 펄펄 활개를 쳐도 셋방 주민들은 죄다 찍소리도 못 하고 있었다.

"어서 가시자니까!"

어머니는 어처구니없다는 표정으로 풍뎅이영감을 바라보다 말했다.

"저기 꼭대기 집이니까, 부엌에 들어가 직접 가져가세요."

"그러면 내가 못 가지고 갈 것 같지? 흥!"

영감은 우리 집을 향해 쪼르르 달려갔다. 영감이 사라지자, 그제야 셋방 주민들 사이에서 "원, 더러워서!" 하는 소리가 터져 나왔다. 그리고 그 소리를 신호로 풍뎅이영감을 향해 온갖 욕설이 퍼부어졌다. 나는 풍뎅이영감 못지않게 이들 셋방 주민들도 미웠다. 나는 그들이 죄다 '속물'이라 생각했다.

어머니가 기종이네 누나를 토닥토닥 위로하고 있을 때 나타난 거구의 사나이—내 자랑스러운 아버지 백철홍 씨였다.

"어? 당신 왜 여기 있어?"

어머니는 코맹맹이 소리까지 섞어 지금까지 일어난 일을 죄다 아버지에게 일러 바쳤다. 이럴 때 어머니는 꼭 고자질쟁이 어린애 같았다. 아버지는 어머니의 고자질을 빠짐없이 듣고 난 뒤 "으음~" 하고 중얼거렸다.

"그러니까, 그 늙은이가 우리 집 풍로를 가지러 갔단 말이지?"

아버지는 성큼성큼 우리 집 쪽으로 걸어갔다. 무슨 사태가 일어날 것인가? 나는 호기심을 참을 수 없어 아버지의 뒤를 따랐다. 그러자 아버지가 한쪽 눈을 장난스레 찡긋해 보였다.

"아니, 넌 따라오지 마. 대신 너는 어머니를 보호해라!"

보호하지 않는다고 해서 어머니를 누가 잡아갈 일도 없을 터이지만, 나는 아버지가 내게 임무를 맡겼다는 사실이 자랑스러워 어머니 곁으로 되돌아갔다. 그리고 공연히 어머니 주변을 맴돌며 어머니를 '보호'했다.

얼마쯤 지났을까? 정말 놀라운 일이 일어났다.

풍뎅이영감이 허적허적 내려왔다. 물론 우리 집 풍로를 갖고 있지 않은 채였다. 풍뎅이영감은 어머니와 기종이네 누나를 보고 낯을 잔뜩 찌푸리고는 그냥 언덕을 내려가 버렸다. 풍뎅이영감네 셋방 주민들도 눈이 휘둥그레졌다.

더욱 놀라운 일은, 그 후 풍뎅이영감의 산동네 출입이 뜸해졌다는 사실이었다. 가끔씩 방세를 받으려고 들러도 예전처럼 기세등등하게 셋방 주민들을 다그치지는 못했다.

더 놀라운 일도 있었다. 풍뎅이영감은 갑자기 기종이네 처지를 마구 위로하고 동정하고는, 그 오누이 방세만큼은 완전히 면제해 주겠노라 선포한 것이다. 사람들은 풍뎅이영감의 '개과천선'에 감탄하며, 사람은 역시 오래 살고 볼 일이라고 입을 모아 말했다. 아버지의 위력은 정말 대단했다.

나는 아버지가 무슨 마법을 쓴 건지 궁금했다.

"아버지, 그 할아버지를 때려 줬어요?"

"아니. 내가 어떻게 노인을 때리겠니?"

"그러면 때려 주겠다고 협박을 했어요?"

"아니. 그러지도 않았다."

"그러면 어떻게 한 거예요?"

"그건 비밀이다. 하지만 딱 한 가지만 가르쳐 주지. 네가 앞으로 살아가다 어떤 악당과 싸우게 되면 말이다, 넌 그 악당보다 훨씬 더 교활해져야 해. 그러려면 너는 그 악당에 대해 깊이 이해하고 있어야 해. 알겠니?"

알 수 없었지만, 나는 고개를 끄덕였다. 아버지는 풍뎅이영감을 어떤 방법으로 굴복시켰을까? 과연 아버지는 풍뎅이영감보다 더 교활한 사람이었을까? 그렇다면 아버지도 '속물'이라 할 수 있는 것일까?

어쨌거나 이 일로 내 아버지 '꼭대기아저씨'는 동네의 영웅이 되었다. 그건 풍뎅이들에게도 마찬가지일 것이다. 아버지 덕분에 풍뎅이들은 수난을 면하게 되었으니까.

나는 훗날에야 어머니께 그때의 일을 여쭤 보았다.

"어머니, 아버지가 그때 어떻게 하셨던 거예요?"

어머니는 호호호 웃으며 그때 일을 떠올렸다.

"별것 아니야. 아버지는 그 영감네 집도 남의 땅에 지은 무허가 건축물이란 사실을 일깨워 줬을 뿐이지."

아하! 나는 그제야 비밀을 풀었다.

신기종식으로 표현하자면, 풍뎅이영감은 남이 이미 "야아도!"한 땅에다 다시 "야아도!"를 해 놓고 방세를 받아먹고 있었던 셈이다. 그러니 소송이 붙으면 풍뎅이영감은 대단히 난처한 상황에 빠질 터이고, 일이 더 크게 번지면 여태껏 받아먹은 방세마저 모조리 물어 줘야 할 사태까지 생길 수 있었던 것이다.

그렇다면 아버지는 어째서 풍뎅이영감네 셋방 주민들한테는 그 사실을 귀띔해 주지 않았던 걸까? 혹시 풍뎅이영감과 어떤 밀약을 맺었던 게 아닐까? 이를테면 문제를 확대시키지 않는 대신 기종이네 방세를 받지 말라는 식으로 말이다. 무릇 적을 쫓을 때는 활로를 주고 쫓으라 했다.

나는 아버지가 정말 교활한 사람이었다고 생각한다. 악당보다 훨씬 더!

여자의 마음

    산동네와 숲에 비한다면 학교생활은 매우 단조롭고 따분했다. 어른들은 학교가 배움을 주는 곳이라 했지만, 인생에 보탬이 되는 공부를 나는 학교에서 배운 것 같지는 않다.

    나는 공부에 취미가 없었다. 학교에서는 첨성대는 어디에 있고, 달걀은 며칠 만에 병아리가 되고, '희망'의 반대말은 '절망'이고 하는 따위의 것들을 가르쳤다. 하지만 첨성대가 어디에 있든 그건 내 알 바가 아니었다. 우리 집은 첨성대보다 훨씬 더 높은 곳에 있어서 그곳에 가지 않아도 나는 얼마든지 밤하늘의 아름다운 별들을 바라볼 수 있었으니까.

특히 싫었던 것은 점심시간이었다. 점심시간만 되면 나는 기가 죽었다. 도시락을 꺼내 놓기가 부끄럽기 때문이었다. 밥은 새까만 깡보리밥이었고, 반찬은 양념 않고 소금에만 절인 허연 열무김치가 고작이었다. 어떤 때는 그나마도 없이 된장만 담겨 있기도 했다. 다른 아이들 도시락에는 내가 한 번도 먹어 보지 못한 소시지, 쇠고기 볶음, 달걀부침 따위가 들어 있었다. 학교 점심시간은 내게 '가난'이 뭔가를 처음으로, 그리고 매우 적나라하게 가르쳐 주었다. 학교 점심시간을 통해 배운 '가난'이란 매우 부끄러운 것이었다. 이 부끄러움 때문에 나는 점심시간에 도시락을 꺼내 놓을 수가 없었다.

나는 주로 학교를 마치고 집으로 가는 숲속에서 혼자 도시락을 까먹곤 했다. 숲속에서 먹는 도시락은 정말 꿀맛이었다. 따뜻한 개울가에 앉아 보리밥을 된장에 박박 비벼 먹는 맛은 결코 소시지 반찬에 못지않았다. 기종이와 같이 오는 날에는 둘이 신나게 퍼먹었다. 아예 도시락을 싸 올 엄두도 못 내는 그 아이한테 내 초라한 도시락은 성찬이나 마찬가지였다.

"여민아, 정말 맛있다. 그치?"

이렇게 아쉬운 입맛을 짭짭 다시며 묻는 기종이를 볼 때면, 나는 어린아이답지 않게 가슴이 뭉클해지곤 했다.

점심시간 때 아이들이 도시락을 까 먹고 있는 동안, 나는 주로 학교 목공실 옆의 토끼장에 가서 놀았다. 토끼장에는 하얀 토끼 다섯 마리가 들어 있었다. 나는 이 토끼들을 구분하기 위해 하나하나 이름을 붙여 주었다. 가장 내 마음에 든 토끼는 '토민'이었다. '토끼'와 내 이름 '여민'에서 한 글자씩 따온 것이다.

왜 그 토끼를 그리도 좋아했는지 지금은 기억나지 않지만, 나는 토민이를 훔쳐 우리 집 빈 토끼장에 넣고 싶은 유혹을 느끼곤 했다. 점심시간 때마다 가서 풀을 뜯어다 주는 까닭에, 나는 토끼들과 퍽 친해졌다.

그런데 점심시간에 도시락을 먹지 않는 사람이 나나 기종이만은 아니었던 모양이다. 내가 어느 날 점심시간에 토끼장으로 갔을 때였다. 장우림이 우두커니 서서 토끼들을 바라보고 있었다. 그 무렵에는 짝꿍을 바꿔 우림이는 내 짝꿍이 아니었다.

"어? 너, 왜 점심 안 먹고 여기 와 있니?"

우림이는 나를 보자 갑자기 얼굴이 빨개지면서, 팩 쏘아붙였다.

"네가 무슨 상관이니?"

"왜 그래? 그저 물어보았을 뿐인데."

"흥!"

우림이는 샐쭉하고는 다른 데로 가 버렸다.

그런데 이튿날 점심시간에 우림이는 또 토끼장 앞에 서 있었다. 이번엔 나도 말을 걸지 않았다. 그러자 우림이 쪽에서 먼저 시비를 걸었다.

"너, 왜 자꾸 이 토끼장에 오는 거야? 너 때문에 내가 여기 오기 싫어지잖아!"

"나는 점심시간에는 늘 토끼장에 와. 넌 어째서 나 때문에 토끼장에 오기 싫어진다는 거야?"

"그건 너와 함께 있기 싫기 때문이야."

"내가 뭘 잘못했기에?"

"이유는 없어! 그냥 싫으니까."

"그런 억지가 어디 있어?"

"자, 네가 비켜 주겠니, 아니면 내가 갈까?"

"함께 있으면 되잖아?"

"난 싫어! 그래, 넌 여자한테 자리 하나 양보 못 하겠단 말이지? 알겠어. 흥! 야만인!"

우림이는 또 쌜쭉해서 가 버렸다. 하는 짓으로 보나, 쓰는 말씨로 보나 우림이는 정말 이해할 수 없는 아이였다.

다음 날 점심시간에 내가 토끼장 앞에 서 있는데 또 우림이가 왔다.

"아, 알았어. 어제는 네가 양보했으니, 오늘은 내가 갈게."

내가 주춤주춤 물러서려 하자, 우림이가 말했다.

"필요 없어! 난 인제 너한테 신경 쓰지 않기로 마음먹었으니까."

"그럼, 함께 있어도 돼?"

"그건 네 자유야. 난 너랑 말 안 해. 그러니 너도 나한테 말시키지 마."

나는 우림이가 어째서 나를 미워하는지 이해할 수 없었다. 하지만 더욱 이해할 수 없는 점은 그럼에도 불구하고 내가 우림이한테 꼼짝도 못 한다는 사실이었다. 만일 다른 아이가 나를 그런 식으로 대했다면, 가만두지 않았을 텐데.

우림이는 토끼장 앞에서 계속 툴툴거렸다.

"어째서 내가 주는 풀은 먹지 않지?"

"토끼는 그런 풀은 먹지 않아. 부드러운 풀을 줘야 해."

우림이가 발끈하며 나를 쏘아보았다.

"나한테 말 시키지 마!"

"하지만 네가 먼저 나한테 물었잖아?"

"그건 토끼한테 물은 거야."

"토끼는 말을 못 해."

"오오, 그러니? 난 몰랐어."

우림이는 비꼬는 투로 말했다. 나는 입을 다물었다. 우림이
는 공연히 토끼한테 화를 내면서 나무 꼬챙이로 토끼를 쿡쿡
찔렀다.

"망할 놈의 토끼!"

"토끼한테 그러지 마."

"네가 왜 참견이야."

"토끼들이 아파하잖아."

"이게 네 토끼야?"

어휴, 저걸 그냥……. 나는 우림이를 쏘아보았다.

"왜? 때리기라도 할래? 야만인처럼."

나는 꾹 참고 돌아섰다. 그러자 우림이는 더욱 화가 나는지 토끼들을 마구 괴롭혔다.

"이놈의 토끼! 이놈의 토끼!"

그 후 나는 며칠 동안 토끼장에 가지 않았다. 그 신경질 많은 아이와 말다툼을 벌이는 건 무척 피곤한 일이었다.

며칠 뒤에야 나는 토끼장에 갔는데, 우림이는 오지 않았다. 우림이는 그 뒤로 줄곧 토끼장에 나타나지 않았다. 그래서 토끼장은 다시 내 차지가 되었다. 하지만 한편으론 우림이가 오지 않는 게 어쩐지 아쉽기도 했다. 그 예쁜 아이와 함께 있는 건 내게 작은 즐거움이기도 했으니까.

우림이가 다시 토끼장에 나타난 건 며칠 뒤였다. 나는 흠칫 놀라 피할까 말까 망설였지만, 그 아이는 나 따위는 안중에도 없다는 표정으로 말없이 토끼장 안만 들여다보고 서 있었다. 토끼들을 괴롭히지도 않았다. 매우 지친 얼굴이었다. 어색한 침묵이 꽤 오래 이어졌다. 한참 만에 우림이가 나직하게 말했다.

"저번엔 내가 미안했어."

그 말은 아마 그 아이가 내게 다정하게 건넨 최초의 말일 것이다. 나는 내심 감격했다.

"괜찮아."

"토끼가 어떤 풀을 좋아하는지 가르쳐 줄래?"

"그래!"

나는 화단 근처에서 토끼풀 따위를 따다가 우림이에게 갖다 주었다. 토끼들은 우림이가 준 풀들을 오물오물 받아먹었다.

"토끼가 참 귀엽다."

"그래, 정말 귀여워."

우리는 매우 다정하게 토끼에게 먹이를 주었고, 나는 우림이한테 품어 왔던 편견을 모두 버렸다. 우림이는 살포시 웃으며 말했다.

"나, 참 성질이 못됐지?"

"아니야, 그렇지 않아."

"하지만 친구들도 제대로 사귀지 못하고, 너한테도 걸핏하면 성질을 내잖아?"

"그건 노력하면 금방 고칠 수 있어."

그러자 갑자기 우림이의 눈이 세모나게 변했다.

"그럼, 넌 내 성질이 진짜 못됐다고 생각하는구나?"

나는 당황했다.

"아, 아냐…… 그렇지 않아."

"그렇지 않다면, 도대체 나더러 뭘 노력해서 고치라는 거야?"

"그건…… 네가 방금 말했잖아. 친구들과 사귀지도 못하고……."

"듣기 싫어! 남의 약점을 붙잡고 늘어지는 건 아주 비열한 짓이야! 난 너랑 사이좋게 지내 보려고 했어. 하지만 넌 아주 비열한 아이야, 친구들과 제대로 사귀지 못하는 걸 내가 얼마나 가슴 아파 하는지 넌 전혀 몰라."

우림이는 눈물까지 글썽거렸다.

"미, 미안해……. 난 단지 좋은 뜻으로……."

"넌 그런 말을 좋은 뜻으로 한다고 생각하니? 길 가는 사람을 다 붙잡아 놓고 물어봐. 누가 그런 말을 좋은 뜻으로 했다고 생각하겠니? 그걸 좋은 뜻으로 받아들이라구? 넌 나를 정신병자 취급하는 거니?"

이쯤에서는 나도 화가 났다.

"넌 정말 툭하면 신경질이구나!"

"오오, 이제야 넌 바른 소리를 하는구나. 그래, 나는 그렇게 못된 아이야. 넌 내가 여기 나타날 때까지 나를 아는 척도 안 했어. 내가 꼭 먼저 말을 걸어야만 아는 척을 했어."

"그건……."

"변명! 변명! 너 같은 거짓말쟁이는 정말 딱 질색이야. 제발 좀 솔직해지렴! 나를 못된 아이라고 생각한다고 왜 떳떳하게 말 못 해? 너는 내가 여기에 너를 만나러 오는 거라고 생각하지? 천만에! 나는 토끼를 보러 온 거야. 너는 내가 너를 좋아하고 있다고 생각할 게 틀림없어. 난 네가 그런 생각을 품고 있다는 게 너무너무 자존심 상해. 넌 염치없는 거짓말쟁이야!"

우림이는 콩알을 뿌리듯 다다다다 쏘아붙이고는 엉엉 울면서 가 버렸다. 나는 완전히 얼이 빠져 버렸다. 잠시 뒤 우림이가 다시 뽀르르 나타났다.

"넌 내가 이렇게 울면서 가는데도, 붙잡지도 않니?"

"하지만……."

"두고 봐! 네게 반드시 복수하고 말 테니까. 이 나쁜 자식!"

그러더니 다시 가 버렸다. 우림이가 눈물까지 흘린 걸 보면 내가 틀림없이 뭔가 엄청난 잘못을 저지르긴 했다 싶은데, 뭘 잘못했는지는 도통 알 수가 없었다. 그래서 우림이한테 도대체 무엇에 대해 사과해야 할지조차 갈피를 잡을 수 없었다.

그날 학교를 마치자, 나는 윤희 누나를 찾아가 이 이야기를 들려주며 어쩌면 좋겠느냐고 물어보았다. 여자아이란 매우 까다로운 상대였고, 윤희 누나라면 뭔가 해답을 가르쳐 줄 것 같아서였다. 윤희 누나는 내 얘기를 듣고는 갑자기 까르륵 까르륵 숨이 넘어갈 듯 웃어 젖혔다.

"제가 그 아이한테 뭘 잘못한 거예요?"

"아냐, 아냐, 넌 잘못한 게 없어. 그건 분명해."

"그럼 제가 어떻게 해야 하죠?"

"어떻게 하냐구?"

윤희 누나는 손으로 턱을 괴고 잠시 생각하다가 킥 웃었다.

"나도 몰라!"

"하지만 누나는 여자니까, 여자의 마음을 저보다 훨씬 더 잘 알 거 아녜요?"

"여자의 마음?"

누나는 고개를 갸웃하고는, 내 코를 살짝 잡아 비틀었다.

"여자인 저도 제 마음을 잘 모르겠는데 어쩌겠습니까? 여자의 마음에 대해 알려면 좀 더 자라세요. 대책이 없답니다."

나는 윤희 누나가 어째서 나를 보며 자꾸 키득키득 웃는지 알 수 없었다. 어쨌거나 윤희 누나가 대책이 없다는데야, 나라고 어쩌겠는가. 에라, 될 대로 돼라!

나는 우림이를 무시해 버리기로 마음먹었다.

비 오는 날

　요즘의 나는, 비 오는 날 창 넓은 찻집에 한가하게 앉아 거리 풍경을 내다보는 일을 아주 좋아한다.

　하지만 아홉 살 그 무렵의 비 오는 날은 전혀 그러지 못했다. 산동네에서 가장 끔찍한 날은 비 오는 날이었다.

　절벽 끝에 아슬아슬하게 걸쳐 지은 집은 자칫 붕괴될 위험마저 있었다. 더구나 피뢰침 하나 없이 산꼭대기에 떡 버티고 있는 우리 집은 벼락을 맞기에 꼭 알맞은 집이었다. 그런데 이런 천재지변에 대한 공포심을 가졌던 기억은 거의 없으니 참 이상한 일이다. 그건 아마도 공포심을 느낄 겨를도 없이 바빴기 때문이 아닐까.

사실 비 오는 날은 두려운 날이라기보다 짜증스러운 날이었다. 비가 많이 내리는 날에는 온종일 집에 틀어박혀 있어야 했는데, 집 안이라고 해서 제대로 비를 피할 수 있었던 것은 아니었다. 허술한 지붕에서 새는 빗물을 받기 위해 우리는 부엌에 있는 그릇이란 그릇은 죄다 들여와야 했다.

비 오는 날은 아버지가 하루 일을 공치는 날이었지만, 집에 있어도 아버지는 잠시도 쉴 틈이 없었다. 지붕에 올라가 뚫어진 루핑 구멍을 때우기 바빴다. 여기를 때우면 저기가 새고, 저기를 때우면 여기가 새고……. 물론 어머니도 바빴다. 부엌 바닥에 고인 빗물을 양재기로 퍼내야 했고, 방바닥에 떨어진 빗물은 걸레로 훔쳐 내야 했다. 나와 여운이도 한가한 편은 아니었다. 천장에서 빗물이 떨어지는 자리에 그릇을 가져다 놓고, 물이 가득 차면 얼른 비워야 했다.

그나마 낮에는 행복한 편이었고, 밤이 되면 누울 자리가 없어 고민이었다. 아버지는 밤에도 지붕 위에 올라가 있어야 했다. 이렇게 비 오는 날은 전쟁이라도 난 듯 온 식구가 법석을 피워야 했다. 비가 새지 않는 튼튼한 지붕은 우리 식구 모두의, 아니 산동네 식구 모두의 소망이었다.

"빗속의 연인……." 어쩌구 하는 낭만적인 유행가도 있었지만, 우리 집 '빗속의 연인'인 아버지와 어머니는 두 평도 못 되는 방 한 칸을 지키기 위해 비와 대판 전쟁을 치러야 했다.

낭만은 생활을 벗어난 자리에서 존재하는 것인지, 내가 창 넓은 찻집에 앉아 비 오는 날의 낭만적 분위기를 즐기는 요즘에도 지붕 위에서 부엌 바닥에서 비와 전쟁을 치르고 있는 이웃들이 얼마든지 있으리라. 그래서 우리 시대의 낭만이란 '대단히 미안한 짓거리'이기 일쑤인 것이다.

비 오는 날은 학교 가기도 수월치 않았다. 숲속 길은 개울이 넘쳐 이용할 수 없었고, 큰길로 빙 둘러 가야 했으니 말이다. 어머니가 고물상에서 구해 온 커다란 박쥐우산은 우리 집 지붕처럼 송송 구멍이 뚫어져 쓰나 마나였다.

교실에 들어가서야 비로소 나는 비로부터 자유로워질 수 있었다. 하지만 아주 자유로웠던 것은 아니다. 나는 우리 집이 비에 떠내려가 버리지나 않을까 늘 걱정이었으니 말이다. 그건 국어 교과서에서 읽은 '청개구리 이야기' 때문이었다. 그 말썽꾸러기 청개구리는 엄마 개구리의 무덤이 떠내려가 버리자, 비 오는 날마다 개울가에 앉아 개골개골 울어 댔다 던가. 내겐 이 이야기가 얼마나 실감 나게 느껴지던지!

비가 오거나 날씨가 궂은 날에는, 나는 허깨비를 자주 보 았다.

허깨비는 주로 전봇대 뒤나, 꺾어지는 골목길 안이나, 학교 화장실 같은 곳에 있었다. 골목길로 휙 꺾어 드는 순간 빨간 옷을 입은 할머니가 서 있다가 풀썩 꺼져 버리곤 했다. 또 화 장실 문을 여는 순간 운동모자를 쓴 작은 아이가 씨익 웃으 며 앉아 있다가 풀썩 꺼져 버리기도 했다.

이런 허깨비들이 자주 보이는 것도 비 오는 날의 불쾌한 기 억 가운데 하나였다. 어른이 되고 나서는 한 번도 본 적이 없 는데, 이 무렵에는 고약하게도 허깨비가 많이 눈에 띄었다. 어머니는 내게 이렇게 말했다.

"허깨비는 마음이 여린 아이들 눈에만 보이는 거야. 하지만 네가 어른이 되면 허깨비가 보이지 않는 게 오히려 섭섭할걸."

허깨비를 보면 기분은 고약해도 그리 무섭지는 않았다. 하 도 많이 봐서 아예 눈에 익어 버린 탓일까.

비 오는 날에는 대체로 음험한 일들이 많이 일어났다.

학교 앞길에는 개천이 있었다. 이 개천 물은 우리 집 뒤 숲 속 개울에서 내려온 것이지만, 동네 가정집에서 쏟아져 나온 하수와 섞여 아주 시꺼멨다. 비 오는 날에는 이 더러운 물이 불어나 간혹 개천이 넘치기도 했다. 이 개천을 둘러싸고 기분 나쁜 소문도 많이 나돌았는데, 대표적인 것이 매년 비 오는 날마다 아이가 한 명씩 빠져 죽는다는 소문이었다.

"그건 말이야, 언젠가 장마 때 이 개천에 빠져 죽은 아기 엄마가 물귀신이 되었기 때문이야. 그 아기 엄마 귀신은 아이들만 보면 끌어안으려 들거든. 올해는 누가 빠져 죽을지 몰라."

아이들은 눈을 동그랗게 뜨고 수군거렸다.

개천에는 나무다리가 하나 있었다. 비가 와서 개천 물이 불어난 날, 고운 옷을 입은 아이는 이 다리를 건널 수 없었다. 그건 모든 아이가 반드시 지켜야 할 금기 사항이었다.

"지난번 우리 학교 여자아이 하나두 새로 산 옷을 입고 이 다리를 건너다가 개천에 빠져 죽었어. 그건 아기 엄마 귀신이 물속에서 손을 쑥 뻗쳐 발을 잡아당겼기 때문이지. 어른들이 달려왔지만, 그 아이 시체도 못 찾았어. 이건 물론 우리 형이 직접 본 일이지."

하지만 기종이나 나는 전혀 신경 쓸 바가 없는 금기 사항이었다. 우리는 늘 허름한 옷만 입고 다녔으므로.

드문 일이지만, 개천에는 조그만 아기 시체가 떠내려오기도 했다. 나는 그걸 딱 한 번 본 적이 있다. 주먹만 한 하얀 물체는 물에 불어 고무공처럼 탱탱했다. 어쩌면 죽은 개구리였을지도 모르지만, 아이들은 개울 윗동네 산부인과 병원에서 버린 태아 시체라고 주장하며 돌을 던졌다. 이것도 비 오는 날의 불쾌한 기억 가운데 하나다.

더 불쾌한 기억도 있다.

비가 많이 온 어느 날이었다. 집에 가는 길에 나는 언제나 나무다리를 이용했다. 나무다리를 건너지 않으면 길을 한참 돌아야 했기 때문이다. 개천 물은 내려다보면 현기증이 날 정도로 빠르게 흐르고 있었다. 이렇게 빠르게 흐르는 물은 사람을 홀리는 힘이 있어서 매우 위험하다. 급류를 한참 동안 들여다보고 있다가 자기도 모르게 물에 뛰어들어 죽는 사람도 있다 한다.

조심조심 다리를 건너 중간 부분쯤에 도착했을 때였다.

머리카락이 흠뻑 젖은 여자 머리가 물속에서 불쑥 떠올랐다. 낯빛은 파랗고 입술은 새빨갰다. 여자는 눈을 감은 채 뭔가 중얼중얼거리다가 얼마 뒤 번쩍 눈을 떴다. 고양이 눈처럼 눈동자가 노랬다. 여자는 나를 향해 깔깔깔 웃었다. 그러고는 다시 물속으로 쏙 들어가 버렸다.

순식간에 일어난 일이었다. 나는 너무 놀란 나머지 하마터면 다리에서 떨어질 뻔했다. 저게 바로 아기 엄마 귀신이구나. 나는 어떻게든 살아야 한다는 생각에 엉금엉금 네 발로 기어 간신히 다리를 건널 수 있었다. 다리를 건너온 다음에도 나는 한참 동안이나 엉금엉금 기어가야 했다. 온몸이 떨려서 도저히 일어설 수가 없었던 것이다.

비 오는 날 물속에서 떠오른 여자 귀신은 여러 날 동안 나를 두려움에 떨게 했다. 비 오는 날은 여러모로 불쾌하고 기분 나빴다.

짜증 나고 우중충한 장마가 끝나자, 내 아홉 살 여름도 지나갔다.

아아, 그 지긋지긋했던 비!

행운이 가져온 혼란

우리네 인생살이에는 종종 느닷없는 행운이나 불행이 찾아오곤 한다.

그리고 그것은 느닷없이 우리 삶을 뒤흔들어, 우리를 전혀 다른 존재로 바꾸어 놓기도 한다. 우리는 바로 이때를 조심해야 한다. '예전의 나'와 '느닷없이 바뀌어 버린 나'—어느 쪽이 진짜 나인지 혼란에 빠지기 십상이기 때문이다.

아홉 살 적 내게도 느닷없는 행운이 찾아와 잠깐 동안 내 삶을 뒤흔들어 놓았다. 지지리도 별 볼 일 없던 내가 어느 날 갑자기 유명해지게 되었던 것이다. 그건 내 그림이 전국 규모의 미술 대회에서 최우수상으로 뽑혔기 때문이었다. 정말 느닷없는 일이었다.

여기에는 신경질 많고 무기력한 내 담임선생님의 공로도 아주 없지는 않다. 동기야 어떻든 내 작품을 출품해 주었으니까. 물론 그는 학생들한테 그림을 이렇게 그려라, 저렇게 그려라 간섭할 만큼 자상한 사람은 아니었다. 그는 자상한 교사라기보다 어디까지나 상부의 명령에 충실한 '월급기계'일 뿐이었다. 그리하여 그는 미술 대회에 보낼 그림을 며칠까지 몇 개 제출하라는 명령을 기계적으로 하달받아, 학생들에게 그림을 '제조하라'는 명령을 기계적으로 내렸다. 이 불성실한 월급기계는 학생들의 그림 가운데 좋은 그림을 선별해 제출하는 최소한의 성의마저도 없었다. 짐작건대, 그는 "선착순으로 다섯 개!"식으로 대충 끊어 제출했을 것이다. 그에게 중요한 건 오직 개수와 날짜 맞추는 일뿐이었을 테니까!

내가 옛 스승을 너무 가혹하게 평가한다고 생각하시는가? 조금도 그렇지 않다. 내 그림은—적어도 보통 사람들의 심미안으로 볼 때—수상은커녕 출품할 가치도 없는 그림이었다. 그렇다고 담임선생님이 유별난 심미안으로 소신껏 내 작품을 출품했다고 생각할 수도 없다. 왜냐하면 그는 내 그림에 뭐가 그려져 있는지조차 몰랐으니 말이다. 그래서 그는 교장 선생님 앞에서 그 대가를 톡톡히 치르게 된다.

내가 받은 상이 정말 대단한 것이었던지, 나는 담임선생님과 함께 교장실에까지 불려 갔다. 교장 선생님은 함빡 웃으며 나를 맞았다.

"네가 백여민이냐? 이놈, 장하다! 전국에서 무려 오십 개 초등학교가 참가했는데 우리 학교 학생이 최우수상을 받은 거야. 나는 네가 대단히 자랑스럽다. 허허허."

"저는 출품할 때부터 가능성이 있다고 생각했습니다. 워낙 좋은 그림이어서요."

담임선생님의 웃는 얼굴을 본 것은 그때가 아마 처음이었을 것이다.

"오호, 그렇습니까? 김 선생님이 아이들 그림 지도를 잘했기 때문에 이런 경사도 생긴 것이지요."

"원, 별말씀을……."

"아니에요. 아이들은 지도하기 나름이지요."

"저도 나름대로 최선을 다하고 있습니다만, 워낙 능력이

148

없다 보니……."

김 선생님이 아이들을 꼼꼼하게 지도한다는 얘기는 내 익히 듣고 있습니다, 과찬의 말씀이십니다, 미술 지도할 때 특별한 비법이라도 있으십니까, 그저 자상하게 지도한다는 소신으로 했을 뿐이지요, 이번 기회에 김 선생님의 미술 지도 방법을 소개하는 자리를 한번 마련해 보는 게 어떻겠습니까, 어이구 제가 어찌 감히……. 교장 선생님의 칭찬 섞인 격려, 담임선생님의 겸손 섞인 허세. 그러나 문제는 그다음에 일어났다.

"그래, 이번 수상 작품은 무엇을 그린 작품인가요? 나는 아직 작품을 못 봐서……."

교장 선생님은 담뿍 웃으며 물어보았다.

"예, 그러니까, 그게……."

그 당황한 표정이라니! 교장 선생님이 빤히 쳐다보며 답변을 기다리고 있는 그 짧은 시간이 그분한테는 얼마나 길게 느껴졌으랴. '자상하고 꼼꼼하게 지도한' 그림에 무엇이 그려져 있었는지 떠올리기 위해, 그분은 정말 '최선을 다하고' 있는 눈치였다.

시뻘게진 얼굴, 돋보기안경 속에서 번득이는 교장 선생님의 의혹에 찬 눈길……. 이쯤 해 두자. 더 자세히 묘사하는 건 옛 스승에 대한 도리가 아니다.

월요일 조회 시간에 나는 교장 선생님이 서 있는 연단에 올라가 상을 받았다. 커다란 트로피와 상장, 그리고 포장지에 싸인 상품도 받았다. 교장 선생님은 내가 받은 상이 얼마나 대단한 것인지, 어린 시절 미술 교육이 얼마나 중요한 것인지 한참 동안 연설하였다.

교실에 들어오니 나를 바라보는 아이들의 눈빛이 완연히 달라져 있었다. 아이들은 내가 상품으로 받은 쉰한 가지 색깔의 대형 크레파스를 보고는 몹시 부러워했다. 여태껏 아이들의 관심을 독차지해 왔던 부잣집 외아들 반장 녀석은 새로운 스타 탄생에 위기감마저 느꼈던 모양이었다.

"피, 상이란 게 고작 이거야? 이런 크레파스는 나도 있어."

이런 쩨쩨한 질투를 응징해 줄 아이는 얼마든지 있었다.

"임마, 이게 돈 주고 산 거랑 같냐? 여민이는 교장 선생님 연단에까지 올라갔단 말야."

"연단엔 나도 올라가 봤어!"

"점심시간 때 말이냐?"

크하하하 웃음이 터졌고, 반장은 얼굴이 팍 구겨졌다.

"그런 상은 누구나 탈 수 있는 거야! 나도 옛날에……."

"알아! 알아! 옛날엔 우리 집에 금송아지가 열두 마리두 더 있었어."

몰락한 스타는 입술을 질끈 깨물며 떠나 버렸고, 아이들은 새로운 스타 둘레에 모여 감탄과 찬사를 아끼지 않았다.

어째서 내게 이런 일이 일어났을까? 나는 내 삶 뒤편에 어떤 장난꾸러기가 숨어 있지 않나 싶기도 했다. 내가 이런 생각을 한 까닭은, 내 그림 솜씨가 형편없다는 사실을 누구보다 나 자신이 잘 알고 있었기 때문이다.

구태여 원인을 따지자면, 혹 미술 대회 심사 위원 가운데 난삽하고 기괴한 그림만 좋아하는 괴짜가 한 명 섞여 있었던 게 아닐까? 보통 사람들이 쉽게 동의할 수 없는 심미안을 가진 그런 괴짜 말이다.

시상식이 끝난 며칠쯤 뒤에, 나는 다시 교장실로 불려 갔다.

교장 선생님은 내 수상 작품을 아주 찬찬히 들여다보고 있었다. 그분은 한참 만에 놀랍다는 표정으로 나를 바라보았다.

"이 그림을 정말 네가 그렸니?"

"네."

"정말, 잘 그렸는데 말이다……."

교장 선생님은 눈썹을 약간 찡그렸다.

"여기, 태운 호떡 같은 검정 덩어리는 뭐냐?"

"아아, 그건 우리 집이에요."

"그래? 그럼, 그 옆에 있는 건 된장 항아리인 모양이지?"

"아녜요. 그건 우리 어머니예요!"

"그럼 여기 번데기처럼 생긴 건 뭐지?"

"제 동생 여운이예요!"

"여기 파리똥같이 덕지덕지 엉켜 있는 것들은……?"

"그건요, 우리 이웃집들이에요. 다닥다닥 붙어 있거든요."

나는 자랑스럽게 웃었다.

"……."

교장 선생님은 큼큼 헛기침을 했다.

"너는 상상력이 아주 좋구나. 그것도 중요한 일이지. 얘,

그런데 너희 집을 그렸다면서 어째서 그림 제목을 '꿈을 따는 아이'라고 붙였니? 제목이 아주 근사한걸!"

어? 나는 어리둥절했다. 나는 여운이가 밥 먹으러 안 오고 꾸물대는 모습을 그려 놓고 제목도 '꾸물대는 아이'라고 붙였는데, 내 형편없는 맞춤법이 그만 제목을 근사하게 바꾸어 놓았던 것이다. 내가 이 사실을 실토하자 교장 선생님은 쩝쩝 입맛을 다셨다.

"그래, 인제 그만 가 보렴. 나는 너한테 그걸 물어보고 싶었던 거야."

교장 선생님은 내 담임선생님의 '자상하고 꼼꼼한' 미술 지도를 또 한 번 의심했을 게 틀림없다.

잔잔한 호수에 돌멩이를 던지면, 파장은 동심원을 그리며 꽤 오래, 멀리까지 퍼져 나가다 사그라지기 마련이다. 내 평범한 일상에 느닷없이 등장한 행운의 파장 또한 꽤 오래, 멀리까지 퍼졌다.

우리 반 아이들은 누구나 나와 사귀고 싶어 했고, 전혀 모르는 다른 반 아이들마저 "저기, 저 아이 말이야, 지난번 미술 대회에서 최우수상을 받은 아이야" 하고 수군거렸다. 선생님들도 나를 보면 한 번씩 머리를 쓰다듬어 주고 지나갔다.

모든 것이 갑자기 변했다. 마치 내 몸이 신비롭게 빛나는 듯한 느낌이었고, 그 신비로운 빛 때문에 나는 예전의 평범한 소년으로는 도저히 되돌아갈 수 없으리란 생각마저 들었다. 하지만 싫지는 않았다. 남에게 주목받는 삶에는 대단히 짜릿한 즐거움이 있었다.

학교 가는 일도 지겹지 않고, 오히려 즐거웠다. 미술 시간은 내게 가장 즐거운 시간이었다. 아이들은 나한테 자기 그림이 잘되었는지 봐 달라고 부탁하기도 했다.

"아냐! 아냐! 이렇게 그려선 안 돼. 이 불자동차는 진짜 불자동차와 너무 똑같잖니!"

"진짜와 똑같게 그리면 안 되는 거야?"

"진짜와 똑같게 그리는 건 누구나 할 수 있는 일이야. 내가 만일 불자동차를 그리려 했다면, 나는 아마 빨간 찐빵처럼 그렸을 거야."

"어째서 그래야 하지?"

"어째서냐구? 눈에 보이는 것만 그리는 건 아주 하찮은 일이니까. 좋은 그림은 마음에 보이는 걸 그린 그림이지."

"하지만 불자동차를 빨간 찐빵처럼 그린다면 누가 알아볼 수 있겠어?"

"그럼 어째서 내가 상을 받은 거지? 무엇보다 중요한 건 상상력이야! 교장 선생님도 그렇게 말씀하셨어."

"……."

아무리 의심이 많은 아이여도 내가 받은 상의 권위 앞에서는 쉽사리 무너지고 만다.

좀 극성스러운 부잣집 학부모들은 종종 나를 집에 초대하기도 했다. 마치 그것이 자기 자식을 상 받게 하는 지름길이라도 되는 듯이. 나는 아이 어머니가 가져다준 고급 과자와 오렌지 주스를 마시며 그림을 그렸다.

나는 우선 도화지 가득 뱀처럼 기다란 붉은 띠를 그려 놓는다. 그리고 그 한가운데를 가로질러 삐쭉삐쭉한 검은 산봉우리를 그려 놓는다. 이 대범한 화법에 아이의 어머니는 눈이 휘둥그레진다.

"이게 뭐지?"

"이건 슬피 우는 아이를 그린 거예요."

"그래? 내 눈에는 붉은 허리띠처럼 보이는데……?"

나는 하하 웃는다.

"이 붉은 띠는 강물이에요. 너무 슬퍼서 아이의 눈물은 강이 되었어요."

"그럼 이 삐쭉삐쭉한 톱날은 뭐냐?"

"그 아이의 마음은 이렇게 심한 상처를 받은 거예요."

"어쩜! 네 상상력은 정말 놀랍구나!"

아이 어머니의 부러움 섞인 감탄.

만지기만 하면 황금이 되는 미다스 대왕의 손처럼, 내 손이 그리는 모든 그림은 뛰어난 예술 작품이 되었다. 주위 사람들이 내게 보이는 찬사와 감탄에 힘입어 나는 나의 예술적 재능과 탁월한 상상력을 추호도 의심치 않았다.

하지만 내가 꼭 말로 설명해 줘야 사람들은 비로소 내가 뭘 그렸는지 이해했는데, 그건 매우 성가신 일이었다.

기종이는 나를 이상한 태도로 대했다. 그 아이는 나를 슬금슬금 피하려 들었고, 때로는 우울한 눈길로 바라보기도 했다. 학교를 마치고 돌아오는 길에 나는 기종이한테 물어보았다.

"너 왜 나를 그렇게 쳐다보니?"

기종이는 한숨을 쉬었다.

"너는 옛날에 내가 알고 있던 그 아이가 아니야."

"그럼 내가 누구라는 거야?"

"모르겠어."

"……."

기종이가 모르는 일도 다 있다니! 정말 뜻밖이었다. 기종이는 침울했다.

"나는 너를 잃어버린 느낌이 든다."

"어째서?"

"너는 그 상을 받으려고 다른 나라로 가 버린 거다."

"내가 가긴 어딜 가?"

"너는 얼마 전까지만 해도 나와 똑같은 산동네 아이였다. 산동네 아이는 산동네 아이들의 눈에만 띈다. 나를 보렴. 우리 반 아이들은 내가 교실 어느 구석에 앉아 있는지조차 모른다. 예전엔 너도 마찬가지였다. 하지만 지금은 달라. 누구나 너를 알고 있다. 너는 나와는 다른 나라 사람이 되어 버린 거다. 알겠니?"

"모르겠어."

기종이는 다시 한숨을 쉬었다.

"그것 봐. 너는 이제는 내가 무슨 말을 하는지조차 못 알아듣잖니?"

나는 그날따라 기종이 특유의 '~다'식의 말투가 유난히 짜증스럽게 느껴졌다. 나는 '네 말은 예전에도 잘 알아들을 수가 없었어!' 하고 쏘아붙여 주려다 참았다.

"너, 지금 나를 질투하는 거니?"

"질투?"

기종이는 잠시 나를 쳐다보다가 고개를 떨구었다.

"아니야! 나는 예전엔 너를 질투했었다. 네가 싸움을 잘하는 게 몹시 부러웠기 때문이다. 싸움은 산동네 아이들한테 꼭 필요한 거니까. 하지만 네가 그림을 잘 그리는 건 하나도 부럽지 않아. 그건 다른 나라 사람들의 일이기 때문이다."

"다른 나라란 게 대체 뭐야?"

"다른 나라란, 그림을 잘 그리거나 공부를 잘하거나 휴지를 잘 줍는 아이들한테 상을 주는 나라를 말한다."

나는 무척 짜증이 났다.

"너의 그 엉뚱한 말들은 인제 지긋지긋해! 나는 네가 하는 말들을 하나도 알아들을 수가 없어."

"하지만 너는 얼마 전까지만 해도……."

"아냐! 아냐! 난 단지 네 말을 들어 주었을 뿐이야. 하지만 속으론 죄다 말도 안 되는 소리라고 생각하고 있었어."

"산지기 얘기두?"

"그래!"

"골방철학자가 외계인이란 얘기두?"

"그렇다니까!"

기종이는 절망스러운 표정으로 나를 바라보았다. 나는 조금 가슴이 아팠지만 차라리 잘된 일이라고 생각했다. 기종이는 질끈 입술을 깨물었다.

"너는 아마 앞으로 동네 아이들의 싸움박질이 싫어질 거다. 그리고 어쩌면 '저런 건 아무짝에도 쓸모없는 짓이야.' 하고 눈살을 찌푸릴지도 몰라. 너는 그림 그리는 일이나 남들한테 칭찬받는 일이야말로 가장 쓸모 있는 일이라고 믿게 될 테니까."

기종이는 나직이 한숨을 쉬었다.

"하지만 나는 너를 기다리고 있겠다. 왜냐하면 나는 네가 여전히 좋기 때문이다. 너는 내 말을 가장 다정스럽게 들어 준 아이였어. 그것만으로두 난 너를 잊지 못할 거다."

"……."

기종이의 눈에서 또르르 눈물방울이 굴러떨어졌다.

나는 그 아이가 왜 슬퍼하는지 알 수가 없었다. 기종이는 전혀 다른 아이가 된 것 같았다. 그러나 달라진 건 기종이가 아니라 바로 나였다.

기종이의 예언은 아주 정확했다. 나는 동네 아이들의 싸움박질이 지긋지긋해졌고, '저런 건 아무짝에도 쓸모없는 짓이야' 하고 믿게 되었으니까. 대신에 나는 칭찬받기 위해 정말 열심히 그림을 그렸다.

사랑이란 귀찮은 것

우림이는 며칠 동안 학교에 나오지 않았다.

토끼장에서 싸운 다음부터 우림이는 나와 말도 하지 않으려 했다. 나 또한 우림이를 본척만척했다. 상을 받은 뒤끝이어서 허세까지 섞어 그랬던 것 같다.

우림이는 내가 상을 받았다는 사실에 몹시 약 올라하는 눈치였다. 그럴수록 나는 그 아이한테 더욱 쌀쌀맞게 굴었다. 언젠가 점심시간에 우림이가 토끼장 곁으로 미적미적 다가오는 걸 보고, 나는 찬바람이 쌩 날 정도로 쌀쌀맞게 지나쳐 버린 적도 있었다.

내가 아이들과 웃고 떠들다가 문득 우림이 쪽을 돌아보면, 그 아이는 슬픈 눈길로 나를 바라보고 있었다. 그러나 정작 눈길이 마주치면 "흥, 너 따위한텐 관심도 없어." 하는 표정으로 고개를 휙 돌려 버리는 거였다. 그러거나 말거나 나는 더욱 큰 소리로 웃고 떠들었다.

어느 날 우림이는 무슨 과제물을 가져오지 않았다는 이유로 다른 아이들과 함께 교단 앞에 불려 나가게 되었다. 우림이는 고개를 푹 숙이고 있었다. 그 아이는 자신이 매를 맞기 위해 불려 나온 보잘것없는 아이들 무리에 끼였다는 사실에 몹시 자존심 상해하는 눈치였다. 하지만 자상함이라곤 눈곱만치도 없는 월급기계한테 아홉 살짜리 여자아이의 자존심까지 보살펴 달라고 요구한다면, 그건 지나친 요구가 될 것이다. 이 불성실한 월급기계의 자상함을 바라느니, 차라리 악어가죽에 털이 나기를 바라는 편이 훨씬 나을 것이다.

그는 마치 얼마만큼의 강도와 얼마만큼의 간격으로 몇 대씩 때리라는 명령이 입력된 기계처럼 규칙적으로 무표정하게 아이들의 손바닥을 찰싹찰싹 때려 나갔다. 그가 아이들을 때리는 모습을 보고 있노라면 나는 종종 솜틀집의 솜 부풀리는 기계가 생각났다. 그 솜틀 기계는 매우 규칙적으로 찰칵 찰칵 찰칵찰칵 솜을 두들겨 부풀렸는데, 이 월급기계 또한 기계보다 더 규칙적인 솜씨로 찰싹찰싹 아이들의 손바닥을 때려 나갔던 것이다.

마침내 우림이가 맞을 차례가 되었다. 나는 그때 아예 고개를 돌려 그 아이가 맞는 꼴을 보지 말았어야 했다. 그러나 불행하게도 우리는 눈길이 딱 마주쳐 버렸고, 더욱 불행하게도 그때 내 입가에는 웃음기가 머물러 있었다. 그건 우연한 시간 일치일 뿐이지, 맹세코 우림이를 비웃은 건 아니었다. 나는 도리어 우림이를 때리는 월급기계를 향해 속으로 갖은 저주를 다 퍼붓고 있던 참이었다. 하필 그때 뒷자리에 앉은 녀석이 내게 간지럼을 먹였고, 바로 그 순간 우림이와 눈길이 딱 마주쳤던 것이다.

아아, 시간은 때때로 우리에게 얼마나 짓궂은 장난을 잘 치던가! 더구나 자존심의 끈을 팽팽하게 잡아당기고 있는 사람들한테는 이 장난이 얼마나 쉽사리 먹혀들던가! 우림이의 얼굴은 파랗게 질렸고, 독기 어린 눈으로 파르르 나를 쏘아보았다. 나는 가슴이 철렁 내려앉았다.

제자리로 돌아온 우림이는 책상에 엎드려 서럽게 엉엉 울음을 터뜨렸으나, 내가 '그건 오해다.' 하소연할 처지는 전혀 못 되었다. 여러분도 잘 알다시피, 아이들 세계에서는 사내아이가 여자아이를 위로해 주는 일은 매우 수치스럽고 체면 깎이는 일이며, 아이들의 "얼레리꼴레리"를 버텨 낼 신통한 재간 없이는 도저히 할 수 없는 일인 것이다. 그래서 나는 그날 하루를 온통 안절부절못하며 보내야만 했다.

우림이는 그다음 날부터 학교에 나오지 않았다. 나는 몹시 걱정이 되었으나 한편으론 우림이한테 지나치게 신경을 쓰는 나 자신에 툴툴 짜증이 나기도 했다.

'나는 아무것도 잘못한 것이 없어. 내가 뭣 땜에 그 아이의 신경질을 다 받아 줘야 하지? 다른 계집아이들은 나한테 그런 식으로 대하지 않지!'

나는 구태여 우림이를 보통의 계집아이들과 똑같이 취급하려 애썼지만, 생각만큼 쉬운 일은 아니었다. 우림이가 결석한 지 일주일이 지나자 더럭 겁이 나기도 했다.

불성실한 월급기계는 우림이의 결석 이유에 대해 입도 벙긋하지 않았다. 그렇다고 내가 먼저 물어볼 수도 없는 노릇이었다. 나는 우림이가 결석한 일주일 내내 무심한 월급기계를 속으로 저주하며, 끙끙 앓아야 했다.

'그러지 말았어야 했어. 우림이는 여자아이잖아? 그 아이가 아무리 화를 내도 내가 꾹 참아야 했어. 그 아이한테 그토록 쌀쌀맞게 굴 필요가 없었는데……'

나는 몹시 가슴이 아팠다.

윤희 누나는 내 고민을 제법 진지하게 들어 주고는 대뜸 이렇게 말했다.

"너, 우림이를 좋아하는구나?"

"아, 아녜요! 전혀 그렇지 않아요."

나는 얼굴까지 붉히며 부인했다. 아이들 세계에서는 사내아이가 여자아이를 좋아한다는 것은 욕지거리에 지나지 않는다. 만일 어느 동네 담벼락에서 "철수는 순희를 좋아한다"는 낙서를 본다면, 우리는 그것을 '철수는 부끄러움도 모르는 바보 얼간이다'라는 뜻으로 알아들을 수밖에 없으리라. 어째서 그런지는 몰라도 이성 친구를 좋아하는 건 매우 해괴하고 망측한 일이라고 아이들은 배워 왔고 또 그렇게 믿고 있다.

"그렇다면 너는 어째서 그 아이를 걱정하지?"

"걱정하는 게 아니라…… 그냥 궁금한 거예요."

나는 우물쭈물했다.

"넌 다른 아이가 결석해도 그렇게 궁금해하니?"

천만에! 만일 장우림이 아닌 오금복이었다면, 나는 그 아이가 백 년 동안 결석한다 해도 눈 하나 깜짝하지 않았으리라. 하지만 결석한 아이는 어디까지나 오금복이 아닌 장우림이었다. 그래서 나는 그렇게도 가슴이 아픈 것이다.

"너두 참."

윤희 누나는 살포시 웃었다.

"누구를 좋아한다는 것은 부끄러운 일이 아니야."

더 부인할 수가 없었다. 나는 한숨을 푹 쉬며 말했다.

"부끄러운 일은 아녀도 몹시 귀찮은 일임이 틀림없어요."

윤희 누나는 잠시 뭔가 생각하다가 고개를 끄덕였다.

"맞는 말이야. 누구를 좋아한다는 건 몹시 귀찮은 일이지. 공연한 참견쟁이가 되고, 남의 인생 때문에 속상해하지. 그러면 내 인생은 엉망진창이 되고 말아."

"맞아요, 엉망진창이 돼요."

"참 이상한 일이야. 뭔가 아쉽기 때문에 사랑을 하는데, 사랑을 하면 더욱 아쉬워지게 되거든. 그래서 때때로 악당이 되어 버리지. 공연히 트집을 잡고 공연히 화를 내고……."

"정말 그래요."

"무엇보다 중요한 것은 다른 사람을 아무리 좋아해도 상대방의 마음을 들여다볼 수는 없다는 사실이야. 저 사람이 이렇게 생각하지 않을까, 저렇게 생각하지 않을까, 속만 부글부글 끓이다가 그것 때문에 자존심 상해하지."

"맞아요. 난 결코 우림이가 맞는 걸 비웃은 게 아닌데……. 그건 하늘에 맹세할 수도 있어요."

"사랑을 하면 기대하는 것이 많아지기 때문에 그만큼 아쉬운 것도 많아지고 그래서 공연한 투정도 부리는 건데, 상대방은 결코 그걸 이해하려 들지 않아. 단지 못된 성깔을 가졌다고만 생각하는 거야."

"누나의 마음 저두 이해해요."

윤희 누나는 한숨을 포오 내쉬었다.

"이해해 줘서 고맙구나. 너는 그렇게 쉽게 이해하는데, 어째서 그 사람은 쉽게 이해하지 못할까?"

"서로 마음을 터놓고 얘기하지 않아서 그런 것 아닐까요?"

"아냐, 아냐. 얘기는 지긋지긋하게 많이 하지. 하지만 우리는 완전히 다른 나라 언어로 말하고 있는 거나 다름없어. 그래서 서로를 하나도 이해하지 못하는 거야."

"좋아하는 사람이 한 말일수록 곧이곧대로 믿으면 안 돼요. 말과 마음은 전혀 딴판일 수도 있으니까요."

"정말 그럴까? 하지만 당장 속이 상한 걸 어떡하니?"

"너그러워져야 해요. 그래야 이해하게 돼요."

"맞아. 나는 너무 너그럽지 못했어."

"너무 속상해하지 마세요."

내가 고개를 끄덕이는데, 윤희 누나는 나를 빤히 바라보다가 갑자기 소리를 빽 질렀다.

"야!"

나는 깜짝 놀라 눈을 끔벅였다.

"지금 누가 누구를 상담하고 있는 거냐? 겨우 아홉 살짜리 주제에 뭘 안다고……. 나 참 기가 막혀서! 아휴, 이걸 그냥……."

누나는 잔뜩 눈을 흘기며 투덜거리다가 내 머리를 꽁 쥐어

박았다. 나는 그저 내 얘기를 하고 있었을 뿐인데……

언제 어디서건 아홉 살짜리의 진지한 고민은 이렇게 푸대

접을 받는다.

이별이 슬픈 까닭

울적한 일은 보통 연달아 일어나기 마련이다, 아니다. 정확히 말하면, 마음이 울적하니 매사가 다 그렇게 여겨지고, 그래서 울적한 일들이 연달아 일어나는 듯한 느낌이 드는 것이다.

옆집 토굴할매가 언제 죽었는지 정확하게 기억나지는 않는다. 하지만 내 짐작으론, 우림이가 학교에 나오지 않던 바로 그 무렵이 아닌가 싶다. 왜냐하면 나는 아홉 살짜리 아이답지 않게 토굴할매의 죽음을 매우 울적하게 느꼈기 때문이다.

여느 때라면, 아이들은 이웃집 할머니의 죽음을 울적하게 느끼지 않는다. 도리어 강한 호기심을 느끼거나 신기한 마음에 까불까불 설치고 다니기 마련이다. 우림이 일이 없었더라면, 나 또한 그랬으리라. 하지만 토굴할매의 죽음은 가뜩이나 울적한 내 마음을 더욱 울적하게 만들었다.

우림이가 두 주째 학교에 나오지 않자, 나는 아주 끔찍한 상상에 사로잡히게 되었다. 우림이는 자살했을지도 몰라, 그 아이 성깔로는 충분히 그럴 수 있는 일이지, 아니 최소한 자동차에 치인 것만큼은 틀림없어, 그렇지 않고서야 어떻게 그토록 오랫동안 학교에 나오지 않을 수 있겠어, 선생님이 우림이에 대해 아무 말도 하지 않는 까닭도 그 아이가 죽었기 때문일 거야…… 등등.

이런 상상은 나를 걷잡을 수 없이 두렵고 불안하게 만들었다. 게다가 우림이가 나 때문에 죽었으리란 죄책감도 들었다. 아주 사소한 잘못—곰곰이 따져 보면 딱히 잘못이랄 것도 없는—에 대한 죄책감이 어린 시절 우리의 마음을 얼마나 괴롭히곤 했던지, 여러분도 익히 경험해 보았으리라. 더욱이 내 경우는 일종의 살인이 아닌가!

나는 때때로 악몽에 시달리기도 했다. 나를 원망스레 쏘아보며 울고 있는 우림이의 발을 붙잡고 "난 너를 비웃은 게 아니야, 맹세할 수 있어." 하소연하는 따위의 고약한 꿈이었다. 심지어 우림이가 느닷없이 개천에서 본 아기 엄마 귀신으로 돌변하여 나를 가위눌리게 하는 때도 있었다.

비단 꿈에서만 괴로웠던 것은 아니다. 교실에서 수업을 받고 있을 때도 나는 엉뚱한 공상에 시달려야 했다. 느닷없이 교실 문이 왈칵 열리며 우림이네 부모가 뛰어든다.

ㅡ이놈, 우린 다 알고 있다. 네가 우리 우림이를 죽였지! 내 딸 살려 내라!

선생님은 비로소 모든 진실을 알아차린다.

ㅡ너같이 나쁜 놈을 학교에 다니도록 내버려 둘 수 없다. 넌 퇴학이야!

나는 텅 빈 운동장을 가로질러 혼자 쓸쓸히 교문을 나선다. 그리고 그길로 깊은 숲속으로 들어가 버리는 거다. 나는 아무도 오지 않는 산속에서 일생을 오직 우림이의 슬픈 영혼을 달래며 살아간다……. 언젠가 라디오 방송극 '전설따라 삼천리'에서 들은 얘기까지 마구 섞어 공상하며, 나는 한없이 슬퍼하고 또 슬퍼했다.

학교든 동네든 만사가 까닭 없이 짜증스러웠고, 나는 어디

론가 훌쩍 달아나고 싶었다. 그래서 토굴할매의 죽음 또한 더 없이 울적하게 느껴졌던 것이다.

토굴할매는 아무도 모르게 죽었다.

토굴할매는 평소에도 길가에 박힌 돌멩이처럼 거의 눈에 띄지 않는 사람이었다. 토굴할매가 이웃을 방문하는 일도 없었지만, 이웃 사람들이 토굴할매의 집을 방문하는 일도 거의 없었다. 그래서 사람들은 토굴할매가 언제 죽었는지조차 올바로 알지 못했다.

토굴할매의 죽음을 처음으로 알게 된 사람은 아버지였다. 아버지는 그날 아침에도 물독을 채워 주러 토굴할매네 방 쪽으로 갔다. 방 안에서는 두런두런 말소리가 들렸다. 토굴할매는 노망기가 좀 있어서 평소에도 알아들을 수 없는 말을 마치 주문처럼 중얼거리곤 했다. 그래서 아버지는 별다른 의심 없이 물독만 채워 주고 그냥 돌아서려 했다. 그런데 그때 아주 향긋한 꽃 냄새가 아버지 코를 찔렀다. 아버지는 뭔가 이상한 생각이 들었다.

아버지가 방문 앞에서 토굴할매를 몇 차례 불러 봤지만,

안에서는 아무 기척도 없었다. 아버지가 방문을 열어 보니, 토굴할매는 자리에 반듯이 누워 있었다. 딱딱하게 굳어진 몸으로 보아 토굴할매는 이미 오래전에 죽었고, 방 안에는 꽃냄새 대신 고약한 악취만 가득할 뿐이었다.

아버지는 이 일을 매우 이상스럽게 여겼다. 아버지는 누군가 방 안에서 두런거리는 목소리를 분명히 들었다고 한다. 그러나 방 안에는 토굴할매말고는 아무도 없었다. 그렇다면 그건 누구의 목소리였을까? 또 향긋한 꽃 냄새는 뭐였을까? 아버지가 잘못 들은 것일까? 아니면, 죽은 토굴할매가 자신의 죽음을 알리려고 꾸민 장난일까?

토굴할매가 죽었다는 소식은 산동네에 빠르게 퍼졌다. 사람들은 혀를 끌끌 찼다.

"토굴같이 어두컴컴하고 썰렁한 방구석에서 혼자 돌아가셨군. 어째 그 나이가 되도록 자식새끼 하나 없었을까, 그래."

"가엾은 노인네야. 우리도 늙어서 저렇게 죽지는 말아야 하는데……."

값싼 동정보다도 토굴할매의 시신을 처리하는 게 당장 코앞에 닥친 문제였다. 주변에 모여 혀를 차던 이웃들도 장례 문제에는 죄다 발뺌을 했다. 어떤 사람은 경찰서에 무연고 사망으로 신고해 시신을 처리하자고 주장하기도 했다.

아버지는 앞장서서 이 일을 처리했다. 아랫동네 보건소 의사를 불러 사망 확인을 하게 했고, 장의사에서 베를 끊어다 손수 염까지 했다. 관도 마련해서 시신을 넣었다.

이튿날 아침, 아버지는 관을 지게에 얹어 메고 언덕길을 내려갔다. 관이 지게에 얹혀 내려가는 걸 보고, 동네 아주머니들은 공연히 눈물을 짜기도 했다.

"여민이 아버진 복을 많이 받을 거야. 친부모한테도 저렇게 하기 힘든 세상인데……."

돈 안 드는 말쯤이야 조금도 아깝지 않다는 듯이 동네 사람들은 입을 모아 아버지를 칭찬했다.

"이제 토굴할매 방은 꼭대기네 차지가 되겠네."

이렇게 부러움 섞어 빈정거리는 염치없는 사람도 있었다.

화장터에 갔던 아버지는 저녁 늦게야 술에 취해 돌아왔다. 어머니는 아버지 몸에 소금을 뿌려 주었다. 아버지는 집 앞 바위 위에 걸터앉아 숲속을 바라보며 내내 울적해했다. 어머니는 내게 이렇게 귀띔해 주었다.

"아버지는 너희 할머니를 생각하시는 거야."

"할머니? 내게도 할머니가 있어?"

"네가 태어나기 전에 돌아가셨어. 아버지는 할머니가 살아 계실 적에 속을 많이 썩였단다. 그래서 늘 그걸 뉘우치시지."

앞에서도 잠깐 말했지만, 아버지는 부산에 살 때 유명한 깡패였다. 그러다 어머니를 만나 마음을 잡고 새 출발을 하려 했다. 그런데 군인들이 정권을 잡고 대대적으로 깡패 소탕을 할 때, 아버지도 함께 잡혀갔다. 아버지는 도로 닦는 작업을 하다가 풀려났다. 아버지가 집에 돌아왔을 때는 할머니가 이미 돌아가신 뒤였다. 그 뒤 아버지는 어머니와 결혼을 했고 나를 낳았다. 그러니까 아버지는, 엄마 무덤이 떠내려갈까 봐 비가 올 때마다 우는 청개구리였던 셈이다.

나는 아버지 곁으로 다가갔다. 아버지를 위로해 주려 했지만, 아무 말도 생각나지 않았다. 한참 만에 나는 조심스레 말을 꺼냈다.

"아버지, 사람이 죽는 건 어째서 슬프죠?"

"너, 옆집 할머니가 돌아가셔서 슬프냐?"

우림이가 죽어서 슬퍼요, 할 수는 없었으므로 나는 그냥 고개를 끄덕였다. 아버지는 당신의 큰 손으로 내 머리를 북북 쓰다듬어 주었다.

"나도 슬프다."

"할머니 생각이 나서요?"

"엄마가 그렇게 말하던?"

"네."

아버지는 가만히 한숨을 쉬었다.

"이젠 아침에 옆집 할머니네 물독을 채워 줄 일도 없어졌구나."

아버지는 붉은 저녁노을을 바라보며 슬프게 중얼거렸다.

"죽음이나 이별이 슬픈 까닭은, 우리가 그 사람에게 더 이상 아무것도 해 줄 수 없기 때문이야. 잘해 주든 못해 주든, 한번 떠나 버린 사람한테는 아무것도 해 줄 수 없지……. 사랑하는 사람이 내 손길이 닿지 못하는 곳에 있다는 사실 때문에 우리는 슬픈 거야……."

아아, 아버지의 그 말은 얼마나 내 고민을 정곡으로 찔렀으며, 나를 얼마나 슬프게 했던지! 내 눈에서는 또르르 눈물이 흘러내렸다.

검은제비는 잘 있는가

떠나는 사람이 또 한 명 있었다. 어느 날 검은제비가 나를 찾아와서 이렇게 말했다.

"나는 인제부터 대빵 자리를 네게 물려주겠어."

나는 그런 일에는 별 관심이 없었다.

"왜? 어디 가니?"

검은제비는 오 학년이었는데도 우리는 서로 반말을 하고 지냈다. 우리 동네에서는 친형제가 아니고는 아이들끼리 형이니 누나니 하는 법은 좀처럼 없었다. 상대가 고등학생쯤 되어야 비로소 형이라고 했지만, 고등학생은 아이들과 놀지 않았으므로 그렇게 부를 일도 없었다.

"나는 인제부터는 아이가 아니야. 그러니 대빵 자리를 네게 물려주려는 거야."

"아이가 아니라니?"

검은제비는 자랑스레 웃었다.

"넌 돈을 버는 아이를 본 적이 있어? 그런 아이는 없어."

"그건 또 무슨 소리야?"

"난 취직을 했어. 돈을 벌게 된 거야."

"네가 몇 살인데 취직을 해?"

"짜식, 같이 놀아 주니깐 영 맞먹으려구 하네. 임마, 나는 벌써 열두 살이야. 학교를 늦게 들어가는 바람에 오 학년이지만 말야."

"하지만 학교는?"

"일없어. 난 어차피 중학교에 못 가."

검은제비네 아버지는 산동네에서 유명한 술주정뱅이였다. 그가 술에 취해 들어오는 날에는 온 동네가 시끄러워졌다. 와장창와장창 살림살이 깨지는 소리가 나고, 에이구에이구 검은제비의 어머니가 얻어맞는 신음 소리가 났다. 검은제비 동생들은 병아리처럼 일제히 삐악삐악 울어 댔다. 주정뱅이는 이불이며 옷가지를 끄집어내어 보란 듯이 골목길에 던져 버리기도 했다. 검은제비네 누나는 눈물을 찔끔거리며 아버지가 던진 살림살이들을 허겁지겁 주워 옆집에다 옮겨 놓았다.

검은제비는 주정뱅이의 장남이었다. 그러나 주정뱅이는 술에 취하면 장남의 교과서를 발기발기 찢어 버리기도 했고, 때로는 밖에 나가지 못하게 신발을 아궁이에 처넣어 태워 버리기도 했다. 아비에 대한 예절을 가르치지 않는 학교엔 보낼 필요가 없다는 게 그 이유였다.

그는 무엇이 그리 억울한지 늘 동네 사람들을 향해 하소연했다. ……동네 사람들아, 들으소. 이놈의 집구석에는 아비 잡아먹는 귀신들만 살고 있소. 여편네란 년은 서방 밥도 안 주고, 애새끼들은 아비 보기를 개똥 보듯 한다오. 이런 놈의 집구석은 탕탕 부숴 버려야 한다오. 동네 사람들아, 들으소!

그러나 주정뱅이를 두둔해 주는 사람은 아무도 없었다.

한번은 보다 못한 어머니가 검은제비네 동생들을 우리 집으로 몽땅 피신시킨 적도 있었다. 그러나 어떻게 알았던지,

주정뱅이가 식식거리며 우리 집으로 쳐들어와 주정을 부렸다. 러닝셔츠까지 벗어부치고 내 새끼 내놔라, 내 새끼 내놔라, 고래고래 고함을 질렀다. 때마침 귀가한 아버지가 주정뱅이를 번쩍 들어 마당에 꼬라박아 버렸다. 그러자 주정뱅이는 마당에 앉아 꺼이꺼이 울음을 터뜨렸다.

─오냐, 잘되었구나. 니가 내 새끼들 다 먹여 살려라. 난 손 탁탁 털고 훌쩍 떠나 버릴란다. 니가 내 새끼들 다 먹여 살려어~

그건 터무니없는 억지였다. 새끼들을 먹여 살렸던 것은 주정뱅이가 아니라 머리카락 장사(그때를 아시는가. 그때는 그런 장사도 있었다)를 하는 검은제비네 어머니였으니 말이다. 주정뱅이는 우리 집 마당에 퍼질러 앉아 생떼를 썼고, 아버지는 하는 수 없이 술을 사 준다고 살살 꼬셔 주정뱅이를 데리고 언덕을 내려가야 했다. 그제야 검은제비 집에는 서글픈 평화가 찾아왔고, 산동네도 조용해졌다.

주정뱅이가 술에 취해 돌아오는 날이면, 검은제비는 늦게까지 집에 들어가지 않았다.

─내가 어른이 되면 제일 먼저 할 일이 뭔지 알아? 그건

우리 집 주정뱅이를 죽여 버리는 일이야.

검은제비는 철사를 갈아 만든 송곳을 던져 나무에 꽂으며 이렇게 중얼거리곤 했다. 하지만 다른 아이들이 자기 아버지를 주정뱅이라고 부르는 건 결코 허락하지 않았다. '주정뱅이'라고 부를 수 있는 건 검은제비만의 특권이었다. 우리는 누구나 그걸 잘 알고 있었다.

그러나 주정뱅이는 검은제비가 어른이 되기도 전에 죽어 버렸다. 그해 가을이 되기 전 어느 날, 주정뱅이는 잔뜩 취해 길가에 쓰러진 채 죽어 버린 것이다. 산동네 어른들은 누구나 할 것 없이 차라리 잘된 일이라고 말했다.

주정뱅이는 불쌍한 사람이었다. 차라리 죽는 게 나은 삶을 살아야 했으니 말이다. 살아 있는 동안 아무도 그의 편이 되어 주지 않았다. 그가 아무리 고래고래 소리를 지르며 하소연해도 마찬가지였다. 외롭다는 것은 불쌍한 일이다. 주정뱅이는 외로웠고, 그래서 불쌍한 것이다.

주정뱅이가 죽은 다음 날도 검은제비는 나무에 송곳을 던졌다.

─너무 분해. 꼭 내 손으로 죽였어야 했는데…….

너무 분했기 때문일까. 아니면, 제 아버지가 외롭고 불쌍한 사람인 것을 알고 있었기 때문일까. 검은제비의 새까만 얼굴엔 눈물이 흥건했다.

그러나 이제 검은제비의 얼굴에는 눈물 대신 자부심만 가득했다.

"나는 말이야, 이제부터는 돈을 벌어야 해. 나는 마음만 먹으면 언제든지 취직을 할 수 있었어. 하지만 그러기 싫었어. 우리 집 주정뱅이가 내가 번 돈을 빼앗아 술을 마실 게 뻔했거든. 이젠 그럴 염려가 없어졌지."

검은제비는 빙긋 웃었다. 갑자기 부쩍 커 버린 느낌이었다.

"돈을 버는 사람은 아무도 무시하지 못해. 너도 일찌감치 학교 같은 건 때려 치우는 게 좋아."

"하지만 우리 같은 꼬마가 무슨 일을 할 수 있어?"

"임마, 난 너 같은 꼬마가 아니야. 난 벌써 공장에 취직이 되었어. 옷을 만드는 공장이야. 나한테 잘 보이면 옷 걱정은 안 하게 해 주지. 어쨌든 이제부터 이 동네 대빵은 너야. 이 걸 너한테 줄게."

검은제비는 주머니에서 송곳을 꺼내 앞에 있는 나무를 향해 휙 던졌다. 송곳은 나무에 꽂히지 않고 맥없이 튕겨 나가 버렸다. 멋을 부리려다 실패한 검은제비가 민망한 듯 "손이 떨렸어." 하고 중얼거렸다.

"나는 대빵이 되고 싶지 않아."

"너는 우리 동네에서 나 다음으로 싸움을 잘해. 너 말고는 대빵을 할 만한 녀석이 없어."

"그래도 난 하고 싶지 않아."

"하지만 내가 없으면 이웃 동네 녀석들이 숲을 독차지하려 들 텐데? 그래두 좋아?"

검은제비는 은근히 그동안의 자기 공을 뽐내었다. 그러다 그런 일엔 이제 관심 없다는 듯 손을 내저었다.

"좋아, 좋아, 그건 네가 알아서 해. 나는 앞으로 무척 바빠질 거야. 너희를 도와줄 수 없어. 너희들 영토는 너희 스스로 지켜야 해. 난 어쨌든 끝까지 책임을 다했어. 자, 나는 이제 그만 가야 해."

검은제비는 건들건들한 건달 걸음으로 숲을 떠나 버렸다. 그 아이는 자기가 단박에 어른이 되었다고 착각하고 있는 듯

했다. 그래서 나는 이웃 동네 아이들한테 빼앗길지도 모르는 숲속의 영토보다 검은제비의 앞날이 더 걱정되었다. 하지만 그 아이가 돈을 번다는 게 내심 부럽기도 했다.

검은제비는 그렇게 숲속 우리들의 영토를 떠났다. 검은제비가 공장에 취직한 다음부터 우리는 검은제비를 볼 수 없었다. 어쩌다 한 번씩 마주치기도 했지만, 검은제비는 이미 우리들 영토의 사람이 아니었다. 새까맸던 얼굴은 몹시 해쓱해졌고, 맑았던 눈빛은 흐리멍덩해졌다. 그런 모습은 매우 낯설게만 느껴졌다. 어른이 된다는 것은, 얼굴이 해쓱해지고 눈빛이 흐리멍덩해짐을 뜻하는 것일까? 나는 검은제비의 달라진 모습에 무척 가슴이 아팠다.

나는 요즘도 가끔 검은제비를 떠올리곤 한다. 출퇴근 무렵, 공단에서 쏟아져 나오는 노동자들의 해쓱한 모습을 보면 더더욱 그렇다. 때때로 공장 노동자들을 만나면, 나는 문득 검은제비의 소식을 묻고 싶어진다. 물론 그들이 검은제비가 누군지 알 리 없으리라. 그러나 나는 묻고 싶어진다.

— 검은제비는 잘 있습니까?

본명은 모르셔도 상관없습니다. 그 아이의 별명은 검은제
비였지요. 주정뱅이 아버지를 둔 까닭에 열두 살에 덜컥 어른
이 되어 버렸습니다. 빨리 어른이 되어, 제 아버지를 제 손으
로 죽여 버리겠다고 말하던 아이였습니다. 그러나 아버지는
그 아이가 어른이 되기 전에 죽어 버렸습니다. 아버지는 술
을 마시면 입버릇처럼 "몹쓸 세상이야!" 하고 말했답니다. 그
몹쓸 세상이 아버지를 죽인 것이지요.

― 검은제비는 지금 잘 있습니까?

제 아버지가 그러했듯, 어느 날 갑자기 자신도 모르게 직
장에서 쫓겨난 것은 아닙니까? 그래서 그만 덜컥 제 아버지
를 이해하고 만 것은 아닙니까? 무능한 아버지 대신 이번엔
무능한 자신을 죽여 버리고 싶다고 울부짖고 있는 것은 혹
아닙니까? 술을 마시고 제 아버지와 똑같은 주정뱅이가 되어
가고 있는 것은 아닙니까? 무엇이 자신의 인생을 망가뜨렸는
지 이해하지 못한 채, 동네 사람들한테 하염없이 하소연만 하
고 있는 것은 아닙니까? 그리하여 이번엔 검은제비의 아들이
뾰족한 송곳을 나무에 꽂으며 빨리 어른이 되기를 바라고 있
는 것은 아닙니까?

— 여러분, 검은제비는 잘 있습니까?

슬픔과 외로움과 가난과 불행의 정체를 알아보려 하지도 않은 채, 자신을 향해 애꿎은 저주를 퍼붓고 뾰족한 송곳을 던지고 있지는 않습니까? 도저히 용서해선 안 될 적들은 쉽사리 용서하면서, 제 피붙이와 자신의 가슴엔 쉽사리 칼질을 해 대고 있지는 않습니까? 여러분, 검은제비는 잘 있습니까? 혹시, 당신이 검은제비 아닙니까?

방정맞은 생각만 주절주절 늘어놓아서 미안하다. 검은제비는 어쩌면 지금 어디선가 제 아버지와 제 삶을 망가뜨린 '몹쓸 세상'을 바로잡기 위해 애쓰고 있을지도 모르는데 말이다. 어차피 상상은 자유이니, 기왕이면 검은제비가 잘 있는 쪽으로 생각하기로 하자.

노란네모

검은제비의 '은퇴'에 가장 관심을 기울였던 사람은 물론 기종이였다. 그러나 미술 대회에서 상을 받고 난 뒤 나와 기종이 사이는 매우 서먹서먹해졌다. 그건 기종이한테 무척 불행한 일이었다. 나 말고는 그 아이의 말을 진지하게 들어 줄 아이는 아무도 없었고, 그래서 기종이는 부쩍 외로워했다. 그러던 터에 검은제비가 은퇴했고, 그건 기종이한테 매우 즐거운 사건이었다. 기종이는 검은제비의 은퇴를 나와 화해할—정확히 말하면, 나를 '다른 나라'로부터 되찾아 올—좋은 기회로 여겼던 모양이다.

어느 날 내가 숲속 상수리나무에 올라타 신나게 백마를 몰고 있는데, 기종이가 미적미적 다가왔다. 내 백마는 마침 가시덤불 협곡을 빠져나와 광활한 벌판을 달리고 있던 중이어서, 훼방꾼이 다가오는 게 그리 달갑지 않았다. 나는 무엇보다 마귀의 성에 갇혀 있는 공주님을 구출하는 일이 급했던 것이다. 내가 알은체도 하지 않자, 기종이는 어색함을 이겨 보려는 듯 척 경례부터 올렸다.

"축하한다. 너는 이제 우리 동네 대빵이다."

기종이는 충직한 시종처럼 내 말안장 옆에 바짝 붙어 섰다. 그동안 참고 참았던 '허튼소리'들을 한꺼번에 다 해 버리겠다는 태도였다.

"나한테 좋은 계획이 있다. 먼저 우리는 아랫동네 녀석들한테 전쟁을 선포하는 거다. 그 녀석들의 대빵은 정말 한심한 놈이다. 오 학년이라고는 하지만, 단 한 방에 끝낼 수 있다. 그리고 녀석들이 숲에 얼씬거리지 못하게 만드는 거다."

기종이 입에서 튀는 침방울 때문에 나는 그 아이를 똑바로 바라보기도 힘들 지경이었다. 나는 그 침방울을 피하려고 더욱 세차게 말을 몰았다.

"뭣 땜에 그런 짓을 해?"

"뭣 땜에냐구? 그야…… 그 녀석들은 나쁜 나라이고 우리
는 좋은 나라이기 때문이다. 좋은 나라는 나쁜 나라를 혼내
줘야만 한다. 왜냐하면 그래야만 나쁜 나라가 없어지기 때문
이다."

"아랫동네 아이들은 나쁘지 않아."

내가 심드렁하게 대답하자, 기종이는 조금 양보를 했다.

"물론 그 아이들은 나쁘지 않을 수도 있다. 하지만 우리는
그 아이들이 나쁘다고 생각해야 한다. 반드시 그래야만 해."

"어째서?"

"그래야만 전쟁놀이를 할 수 있기 때문이다."

"전쟁놀이를 하지 않으면 되잖아!"

기종이는 깜짝 놀란 표정으로 나를 노려보았다.

"하지만 넌 우리들의 대빵이야. 나는 전쟁을 하지 않으려
는 대빵을 한 번도 본 적이 없다. 제발 그 말 좀 세우렴. 공
주를 구하는 일 따윈 천천히 해두 늦지 않아."

이 자식이 내가 공주를 구하러 가는 걸 어떻게 알았지? 나
는 내심 놀라며 백마를 세웠다. 상상을 들킨 게 부끄러워, 나

는 짐짓 기종이를 쏘아보았다.

"검은제비한테도 말했지만, 나는 대빵 같은 건 하고 싶지
않아."

"너는……."

기종이는 분하다는 듯이 이를 악물었다.

"이런 일은 아무짝에도 쓸모없는 일이라고 생각하고 있는
게 틀림없다. 너는 오직 그림을 잘 그려서 어른들한테 칭찬받
는 일만 쓸모 있는 일이라고 생각하는 거야!"

"그런 소린 이제 듣기도 싫어!"

나는 다시 천천히 말을 몰았다. 다그닥다그닥……. 하지만
사실 기종이 말이 맞았다. 나는 갈수록 산동네 아이들의 놀
이에 시들해졌는데, 그건 아마 우림이 일 때문에 더욱 그랬
을 것이다.

"아이들은 누구나 싸움박질을 한다. 세상 어디서나 마찬가
지다. 너는 그 많은 아이들이 죄다 쓸모없는 짓을 하고 있다고
생각하니? 아이들뿐 아니라, 어른들도 매일같이 싸움박질을
한다. 넌 우리 동네가 하루라도 조용한 일을 본 적이 있니? 사
람은 누구나 싸움박질을 해야 해. 바로 그게 사람이야."

"싸움은 나쁜 거야! 선생님도 그렇게 말씀하셨어."

기종이는 마치 어른처럼 픽 웃었다.

"나 같으면 그 악당이 한 말은 죄다 반대루만 생각할 거다. 싸움이 나쁘다면, 그 악당은 어째서 나만 보면 개 패듯이 두들겨 패는 거냐?"

"그건 싸움이 아니야."

"천만에! 그건 분명히 싸움이야. 단지 내가 그 악당보다 힘이 없어서 맞고 있을 뿐이지. 그건 내가 검은제비한테 얻어맞는 거하구 하나도 다르지 않아. 만일 내가 어른이 되어 힘이 세지면, 나는 그 악당 녀석부터 흠씬 두들겨 패 줄 거야."

"선생님은, 네가 잘못했기 때문에 때리는 거야."

나 또한 선생님을 좋아했던 것은 아니지만, 기종이 말이 하도 터무니없어 선생님 편이 되지 않을 수가 없었다.

"잘못했기 때문이라구? 그럼 만일 교장 선생님이 잘못했다면, 그 악당이 교장 선생님을 두들겨 팰 수 있겠니? 그런 짓은 절대로 못 해."

"하지만 선생님은 어른이고, 우리는 아이야."

"바로 그거야. 어른은 힘이 세고, 아이는 힘이 약하다. 때문에 이 싸움에선 늘 아이가 얻어맞을 수밖에 없어."

"그건 싸움이 아니래두."

나는 답답했다.

"그래, 아이를 때리는 어른은 누구든 그렇게 말해. 이건 싸움이 아니다, 교육이다. 우리 누나만 해도 그렇게 믿고 있지. 누나는, 순진하게두, 내가 학교에 배우러 가는 게 아니라 흠씬 두들겨 맞으러 간다는 걸 전혀 모르고 있어. 그래서 내가 어쩌다 결석하면 난리를 치거든."

몇 번 그런 일이 있었다. 기종이네 누나는 기종이를 학교에 보내는 게 유일한 삶의 보람이었다. 그러나 기종이는 틈만 나면 수업을 빼먹기 일쑤였다. 어쩌다 이것이 들통나면, 그날 저녁 기종이네 집에서는 곡소리가 터져 나왔다. ……이 망할 자식아, 누나가 뭣 땜에 그 고생을 하며 공장에 나가는 줄 아니? 네 녀석 부모 없이 자랐다는 소리 안 듣게 하기 위해서야. 그렇게 학교 다니기 싫으면 같이 죽어 버리자. 같이 죽어 버려! ……뒤이어 기종이의 애원하는 소리. ……누나, 다시는 안 그럴게. 내가 잘못했어. 다시는 안 그럴게……. 오누이는 서로 껴안고 엉엉 울음을 터뜨리고, 밖에서 오누이가 다

투는 소리를 듣고 있던 동네 사람들도 공연히 눈시울을 붉혔
다. ……에이그, 저 착한 것들. 세상이 왜 이리 공평치 못하
담, 쯧쯧.

그러나 며칠 뒤면 기종이는 언제 그랬냐는 듯 학교에 안 가
고 또 농땡이를 쳤다. ……우리 누나는 내가 많이 얻어맞을수
록 좋은 건 줄 알고 있다. 내가 그 악당한테 진짜루 맞아 죽
어야만 누나는 뉘우칠 거다. 나는 그날만 손꼽아 기다리고 있
다. 누나가 불쌍하지만, 진실을 알게 하려면 그 방법밖에는 없
어……. 언젠가 기종이는 이렇게 말한 적도 있었다.

기종이는 한숨을 푹 내쉬었다.

"나는 네가 우리 동네 대빵이 된 걸 정말 얼마나 기뻐했는
지 모른다. 하지만 너는 이미 다른 나라 사람이 되어 버렸다.
그래서 나를 이해할 수 없는 거다."

"네 말은……."

기종이는 갑자기 발끈 화를 내었다.

"모두 터무니없는 거짓말이란 말이지? 아니야! 아니야!"

그 아이가 나한테 그렇게 화를 내는 건 정말 처음이었다.

"진짜 거짓말쟁이가 누군지 말해 주겠어. 너는 저번 미술

시간에 네가 그린 그림을 들고 교단 앞에 나가 이렇게 말했지. '이 기다란 노란 네모는 엄마를 그리워하는 아이의 마음을 나타낸 것입니다.' 그건 정말 새빨간 거짓말이었어. 나도 엄마를 무척 그리워하지만, 절대루 노란 네모처럼 그리워하지는 않아!"

"하지만 그건……."

나는 얼굴이 확 달아올라, 우뚝 백마를 세웠다. 내 그림에 시비를 거는 아이는 처음이었다.

"그래, 나도 너한테 거짓말을 많이 했어. 산지기 얘기두, 골방철학자 얘기두 죄다 거짓말이야. 하지만 나는 산지기가 얼마나 무서운 사람인지, 골방철학자가 얼마나 괴상한 사람인지 너한테 알려 주고 싶었던 거야. 하지만 너의 노란 네모는 아무짝에도 쓸모없는 얘기였어. 그런데두 넌 그따위 노란 네모가 아이들 싸움박질보다 훨씬 더 쓸모 있다고 생각하고 있는 거야! 우리 동네 대빵 자리보다 훨씬 더 말이야!"

"이 짜식이!"

나는 약이 올라 말안장에서 훌쩍 뛰어내려 기종이의 멱살을 움켜쥐었다. 그러나 때리고 싶은 마음은 들지 않았다. 그래서 "관두자……." 하며 아량이라도 베푸는 듯 잡은 멱살을 놓아주었다. 기종이는 자리에서 벌떡 일어섰다.

"너는 나를 때려야 했어. 그랬다면 나는 너한테 복종했을 거다. 하지만 이젠 달라. 네 별명은 이제부터 '노란네모'다!"

기종이는 쪼르르 달아나며 "노란네모~ 노란네모~ 얼레리 꼴레리~" 하고 나를 놀렸다. 나는 돌멩이를 들어 기종이한테 던졌지만, 맥없는 돌팔매질이었을 뿐이다.

'노란네모'는 내가 처음 얻은 별명이었다. '노란네모'는 직업적인 이유(?)로 수많은 거짓말을 하게 된 나한테 썩 어울리는 별명이다. 나는 내 직업적인 거짓말이 '노란네모'가 아닌지 요즘도 늘 조심조심하곤 한다.

기종이가 가 버리자, 나는 다시 말안장에 올라탔다. 그러나 용맹스러운 기사는 잠시 망설이지 않을 수 없었다.

―사랑하는 백마여, 말을 해 다오. 내가 공주를 구하러 가야 옳으냐, 마을을 구하러 가야 옳으냐?

보통 아이, 특별한 아이

숲속 나무들이 빨갛고 누렇게 물들어 갈 무렵, 우림이가 다시 학교에 나왔다.

내가 아침에 교실 문을 열고 들어갔을 때 우림이는 자기 자리에 단정하게 앉아 있었다. 나는 너무 반가운 나머지 하마터면 "우림아!" 하고 소리를 지를 뻔했다. 그러나 사내아이의 체면이 한발 앞서 내 입을 틀어막아 주었다.

우림이는 수업 시간 내내 내 쪽으로 눈길 한 번 보내지 않았다. 사람의 감정은 정말 묘하다. 나는 그동안 우림이가 살아만 있다면 어떤 희생도 마다하지 않겠다고 생각해 왔다. 그러나 막상 우림이를 보자, 갑자기 울컥 울화가 치밀었다. 저렇게 말짱한 걸 가지고 공연히 걱정했잖아! 심지어 우림이가 나를 괴롭히려고 일부러 수작을 피웠으리란 의심까지 들자 더욱 약이 올랐다.

우리 반 월급기계의 무심함은 정말 완벽했다. 자신이 맡은 학급 학생이 한 달 넘게 결석하고 처음 등교했는데도 완전히 본척만척이었다. 이 월급기계는 아마 우리 반 학생 팔십 명이 깡그리 결석해도 여느 때와 다름없이 출석부를 들고 들어와 수업 종소리에 맞춰 교과서를 읽어 나갈 것이다. 그는 오직 그런 일만 하도록 명령이 입력된 기계에 지나지 않으니까.

우림이는 오랫동안 결석함으로써 뭔가 자신이 돋보이는 존재가 되었으리라 잔뜩 기대하는 눈치였다. 그래서 수업 시간 중에 간혹 억지스럽게 콜록콜록 기침도 하고, 몹시 피곤하다는 듯 책상에 엎드려 있기도 했다. 그러나 아무도 신경 써 주지 않자, 무척 섭섭한 표정이었다. 나는 뒤에서 우림이의 이런 행동을 관찰하며 내심 고소해하고 있었다.

점심시간이 되자 나는 재빨리 토끼장으로 달려가 우림이를 기다렸다. 나는 우림이가 반드시 나타나리라 확신하고 있었다. 왜냐하면 그 아이는 오랫동안 결석함으로써 나를 충분히 괴롭혔다 믿고, 또 내가 얼마나 고통을 받는지 확인하고 싶어 할 것이라 생각했기 때문이다. 나의 예측이 맞아떨어졌는지 어쩐지는 모르겠지만, 어쨌든 얼마 기다리지 않아 우림이가 나타났다. 나는 내가 전혀 고통을 받지 않았다는 걸 보여 주리라 마음을 굳게 다졌다.

그런데 우림이의 태도가 뜻밖에도 부드럽고 여렸다. 그 아이는 수줍은 듯 머뭇머뭇 다가와 먼저 말을 건넸다.

"나 그동안 무척 아팠어. 병원에 가서 수술까지 받았어. 맹장염이래."

'그래?' 하고 무정하게 말하려 했지만, 차마 그렇게 할 수가 없었다.

"난 정말 죽는 줄 알았어. 넌 한 번도 그런 수술 받아 본 적 없지? 의사 선생님이 내 배를 한 뼘도 더 되게 칼로 잘랐어. 여기 자국도 있어. 아마 이 자국은 평생 없어지지 않을 거야."

우림이는 그 자국 때문에 몹시 슬프다는 듯이 포오 한숨을 내쉬었다.

"아아, 그동안 토끼들이 많이 자랐구나. 병원에 누워 있는 동안은 정말 쓸쓸했어. 내가 죽어도 눈물 흘릴 친구 한 명 없다고 생각하니 무척 슬프더구나. 만일 내가 죽으면 너는 도리어 박수를 칠 테지?"

우림이는 토끼들을 바라보며 쓸쓸하게 웃었다. 그 쓸쓸한 웃음은 모처럼 모질게 다져 먹은 내 마음을 낱낱이 풀어헤쳐 버렸다. '만일 내가 죽으면'이란 가정 또한 얼마나 슬프게 들렸던가! 좀 창피한 얘기지만 나는 갑자기 우림이를 붙들고 엉엉 울어 버리고 싶은 충동을 느꼈는데, 이런 충동을 억누르느라 내 말은 느닷없이 퉁명스러워졌다.

"저번에 네가 선생님한테 손바닥을 맞을 때…… 난 너를 비웃은 게 아니었어, 뭐. 뒷자리에 앉은 녀석이 간지럼을 태웠던 거야, 뭐."

"그래? 그랬구나. 나두 네가 나를 비웃을 리 없다고 생각했어."

우림이는 마치 큰누이처럼 다정하게 말했다.

"……그리고 내가 너한테 쌀쌀맞게 대한 건……."

"괜찮아, 그땐 내가 먼저 잘못했는걸, 뭐."

우림이의 다독거리는 듯한 말투에, 나는 그만 가슴이 찡했다. 우림이는 아픈 동안 너그러움을 배운 듯싶었다. 너그러움이야말로 상대방을 꼼짝 못 하게 만드는 가장 적절한 수단이라는 사실 또한. 그리하여 그 아이는 가장 듣고 싶어 했던 말을 마침내 나 스스로 실토하게끔 만들었다.

　"그동안…… 얼마나 걱정했는지 몰라. ……네가 죽었을까봐 말야."

　"나도 죽는 줄 알았어."

　"이젠 안 아파?"

　"응, 이젠 괜찮아. 배에 남은 수술 자국만 빼고는……."

　"수술 자국이 아파?"

　"아프진 않지만……."

　우림이는 수줍게 웃었다.

　"보기에 무척 흉측해. 하지만 만일 네가 내 수술 자국을 정말루 보고 싶어 한다면, 난 보여 줄 수도 있어. 왜냐하면 나는 너한테 내 흉한 모습을 속이고 싶지 않기 때문이야. 그게 너무 흉측해서 갑자기 내가 싫어진다 해두, 그건 어쩔 수 없는 일이지……."

우림이는 도리도리 고개를 저으며 절망스럽게 한숨을 쉬었다. 나는 이 아이가 어째서 절망하는지 알 수가 없었다.

"수술 자국 따위가 무슨 상관이야?"

"무슨 상관이냐구? 그건 내가 부끄러워하는 상처이기 때문에 상관이 있는 거야. 맹장은 누구나 다 가지고 있어. 나만 빼놓고……. 나는 수술 자국을 볼 때마다 그걸 몹시 부끄러워하게 될 테지."

"하지만 맹장 따위가 뭐가 그리 중요한 거야?"

"물론 맹장 따위는 아무짝에도 쓸모없어. 하지만 중요한 건, 다른 사람들이 누구나 가지고 있는 걸 내가 못 가졌다는 사실이야. 난 그걸 참을 수 없는 거야. 이해할 수 있겠니?"

물론 이해할 수 없었다. 아홉 살은 사람들의 부질없는 허영심까지 이해할 수 있는 나이가 아니므로. 그러나 허영심을 이해할 수 있는 나이가 되자, 나는 알게 되었다. 누구나 가지고 있다는 이유 하나만으로, 맹장처럼 아무짝에도 쓸모없는 것조차 기필코 차지하려 드는 멍텅구리들이 세상에 뜻밖에도 많다는 사실을. 우림이는 그렇게 허영심이 많은 아이였다.

※　　※　　※

그날 이후 나는 우림이와 빠르게 친해졌다. 우림이는 예전 처럼 내게 성깔을 부리지는 않았으나, 여전히 도도하게 굴었 다. 그리고 그런 도도함을 마치 여자아이가 사내아이에게 마 땅히 해야 할 권리처럼 생각하여, 종종 내 기분을 잡쳐 놓곤 했다. 이를테면 이런 식이었다.

"얘, 너는 설마 여자아이가 이렇게 무거운 책가방을 들고 가야 한다고 생각하는 건 아니겠지?"

나는 우림이의 말을 대체로 고분고분 들어주는 편이지만, 다른 아이들이 빤히 다니는 통학로에서 그런다면 그건 나로 서도 좀 난감한 일이었다. 내가 거절이라도 할 것 같으면 우림 이는 금세 샐쭉해졌다.

"다른 아이! 다른 아이! 너는 다른 아이들이 뭐라고 생각 할까가 뭐 그리 대단하다는 거니? 너는 떳떳하지 못해. 사내 아이가 여자아이 책가방을 들어 주는 걸 흉본다면, 그건 아 이들 잘못이지 어째서 네 잘못이야?"

딴은 맞는 말이었다. 하지만 그건 나더러 모든 사회적 편견으로부터 완전히 초탈하라는 말과도 같았다. 우림이는 내가 평범하고 흔해 빠진 사내아이임을 도무지 인정하려 들지 않았는데, 저한테 유리한 일에는 특히 그랬다. 그 아이는 고개를 절레절레 흔들며 이렇게 말하곤 했다.

"내가 잘못 생각했어. 역시 너도 여자아이들 고무줄이나 끊어 먹는 철부지들과 하나도 다를 바 없구나!"

이런 말은 내 자존심을 무척 상하게 했고, 나는 보통의 철부지들과 다르다는 사실을 입증해 보이기 위해 발분의 노력을 해야 했다. 우림이는 스스로를 특별한 존재라 굳게 믿고 있었고, 때문에 우림이한테 선택된 나 또한 특별한 존재가 되어야 마땅했던 것이다. 나는 우림이가 쓰는 '보통의 철부지'라는 말과 골방철학자가 쓰는 '속물'이란 말이 매우 비슷하다고 생각했다.

또 우림이는 자기와 다른 어떤 것을 저울대에 걸어 놓고 재어 보기를 즐겼다.

"그렇구나. 너는 나보다 체면이 더 중요하다고 생각하는 아이니까!"

한번은 방과 후 다른 반 아이들과 짬뽈(왜 말랑말랑한 공을 가지고 하는 야구 비슷한 놀이 있잖은가) 시합을 하기로 해서, 우림이와 함께 집에 갈 수 없게 되었다. 내가 짬뽈 시합을 하러 가겠다고 하자, 우림이는 갑자기 매섭게 나를 쏘아보았다.

"넌 나보다 그까짓 짬뽈이 더 중요하다는 거니?"

그건 매우 부당한 처사였다. 만일 내가 짬뽈을 하러 가는 순간 마귀가 우림이를 잡아먹는다면, 나는 기꺼이 짬뽈을 포기할 것이다. 하지만 그런 상황도 아닌 바에야 짬뽈과 우림이의 중요성을 어찌 따진단 말인가! 만일 그때 곁에서 짓궂은 녀석 하나가 "왜, 니 색시가 빨리 오래?" 하고 놀리지만 않았어도, 나는 우림이를 택했을지 모른다. 친구 녀석의 놀림에 자존심이 상해, 나는 대뜸 짬뽈을 택했다. 우림이는 팩 토라져 가 버렸고, 짬뽈을 하면서도 나는 내내 마음이 개운치가 않았다.

다음 날 우림이한테 말을 걸자, 그 아이는 샐쭉해져서 말했다.

"관둬. 나는 네가 좀 더 특별한 아이인 줄 알았어!"

나는 안팎으로 시달렸다. 산동네에 가면 나더러 보통 아이가 돼라 하는 기종이가 있고, 학교에 가면 나더러 특별한 아이가 돼라 하는 우림이가 있었다. 나는 내가 보통 아이도 특별한 아이도 아닌 박쥐 같은 아이임에 몹시 피곤했다. 특별한 아이는 욕망이고, 보통 아이는 현실이다. 여러분, 혹시 알고 계신가. 이 욕망과 현실의 팽팽한 줄다리기가 바로 우리네 인생인 것이다.

그러나 아홉 살은 아직 인생의 조화를 터득할 나이는 아니었고, 그래서 나는 기껏해야 우림이와 기종이를 맞바꿀 수 있다면 무척 편하겠다고 생각했을 뿐이었다.

골방에 갇힌 삶

사람의 욕망은 끝이 없다. 거지는 왕자가 되고 싶어 하고, 왕자는 왕이 되고 싶어 하고, 왕은 신이 되고 싶어 한다. 하지만 모든 욕망이 현실에서 다 이루어지는 것은 아니다. 현실과 조화를 이루지 못한 욕망은 어찌 되는가? 그것은 우리 마음속에 고이고 썩고 응어리지고 말라비틀어져, 마침내는 오만과 착각과 몽상과 허영과 냉소와 슬픔과 절망과 우울과 우월감과 열등감이 되어 버린다.

이런 성격 파탄자가 되고 싶지 않다면, 우리는 두 가지 방법 가운데 하나를 택해야만 한다. 현실에 맞춰 욕망을 바꾸거나, 욕망에 맞춰 현실을 바꾸는 것이다.

골방철학자도 분명 이런 양자택일의 결단을 해야 했다. 이 가련한 청년은 머릿속으론 온갖 욕망을 꿈꾸었으나, 몸뚱이로는 골방의 문턱조차 넘으려 들지 않았다. 그리하여 그는 점점 성격 파탄자가 되어 갔고, 마침내는 끔찍한 비극을 맞고 만다.

윤희 누나한테 딱지를 맞은 뒤, 골방철학자는 의기소침해졌고 골방에 더 깊이 파묻혀 버렸다. 그는 거의 눈에 띄지 않았고, 그의 홀어머니만 가끔 눈에 띌 뿐이었다. 홀어머니는 이 '아무짝에도 쓸모없는' 외아들에게 가히 헌신적이었다. 그래서 골방철학자의 동태는 그 어머니의 표정을 보면 가장 잘 알 수 있었다. 그 어머니의 표정이 밝으면 골방철학자의 일이 잘되어 가는 중이었고, 표정이 어두우면 골방철학자가 또 뭔가 심상찮은 증세를 나타낸 거였다.

골방철학자의 증세란, 걸핏하면 제 장래를 바꾸는 증세였다. 그의 어머니는 외아들에 대한 기대가 큰 만큼 아들 자랑(비록 아무도 인정해 주지 않았지만)에는 좀 수다스러운 편이었고, 자기 아들이 지금 무슨 일을 하고 있는지 자랑삼아 낱낱이 알려 주곤 했다.

"요즘 우리 애는 시험공부를 하고 있다오. 판검사가 되는 시험이라오."

그러나 이 장래는 어느 날 갑자기 회까닥 바뀌어 버렸다.

"판검사가 아니라 외교관이래요. 시험도 외무 고시라던가, 뭐라던가."

그러다가 한 달을 못 가 또 바뀌었다.

"소설이라는 걸 쓰면 돈을 많이 법니까? 우리 애 말로는 당첨만 되면 십만 원도 넘는 돈을 받는다던데……."

이렇게 쉴새없이 바뀌었건만, 그 가련한 홀어머니는 아들의 장래를 추호도 의심하지 않았다. 대학까지 나온 내 아들이 뭐가 된들 못 되겠냐, 이것이 그 어머니의 지론이었다. 물론 그 어머니는 당신의 잘난 아들이 동네 사람들한테 '아무 짝에도 쓸모없는 인간' 취급을 받고 있으리라곤 꿈에도 상상하지 못했으리라.

골방철학자의 턱없이 큰 욕망, 어머니의 기대, 산동네 골방에 갇힌 현실, 이 세 개의 톱니바퀴는 서로 꽉 맞물린 채 돌아가 주질 않았고, 그 틈바구니에서 골방철학자는 서서히 미쳐 가고 있었던 것이다. 홀어머니의 어두운 표정에서 그의 증세가 점점 심각해지고 있음을 누구나 느낄 수 있었다.

편지 사건 이후 나는 두어 번쯤 골방철학자를 만났다.

한 번은 초가을 무렵, 동네 아래 큰길가 네거리에서였다. 그는 우두커니 하늘을 바라보며 서 있었다. 내가 다가가서 알은체하자, 그는 부드럽게 웃으며 말했다.

"오, 너로구나. 그동안 잘 지냈니?"

"여기서 뭐 해요?"

"기다리고 있단다."

"뭘요?"

"뭐든! 뭐든 기다리고 있지."

이 무슨 싱거운 짓인가! 나는 골방철학자가 좀 이상해졌다고 생각했다.

또 한 번은 숲속에서였다. 골방철학자는 낙엽을 잔뜩 긁어 모아 산더미처럼 쌓아 놓고 있었다. 나는 다가가 말을 건넸다.

"그게 뭐예요? 모닥불을 피우려고 그러는 거예요?"

그러자 골방철학자는 비밀스러운 일을 하다 들킨 사람처럼 당황하면서 갑자기 벌컥 신경질을 내었다.

"또 너로구나! 너는 언제나 내 뒤를 쫓아다니는 거냐? 뭔가 중요한 일을 하려면 꼭 훼방꾼이 나타난다니까! 젠장, 썩 꺼지지 못해!"

그가 어찌나 화를 내는지 나는 주춤주춤 물러나지 않을 수 없었다. 나는 몰래 숨어 그가 하는 짓을 지켜보았다. 그는 열심히 낙엽 더미를 쌓아 올린 다음, 거기에다 시원스레 오줌을 누었다. 그러고는 낙엽 더미를 다시 풀어헤쳐 버리고 흡족한 표정을 지으며 유유히 사라져 버렸다.

나는 그 속에 대단한 보물이라도 파묻혀 있는 게 아닌가 싶어 낙엽 더미를 마구 뒤적여 보았지만 오줌 자국 말고는 아무것도 없었다. 낙엽 더미를 쌓아 놓고 오줌을 누는 게 뭐가 그리 중요한 일인지, 이해할 수가 없었다. 그것 또한 네거리에 서서 '뭐든 기다리는 일' 못잖게 싱거운 짓이었다.

골방철학자를 마지막으로 본 것은 겨울이 성큼 다가온 늦가을 저녁 무렵이었다. 그는 숲으로 통하는 철조망 개구멍

앞에 앉아 있었다. 나를 보자, 그는 가까이 오라고 손짓을
했다.

"난 네가 올 줄 알고 기다리고 있었어."

"여기서 뭐 하세요?"

"나는 오늘 이 동네를 떠난다."

"이사를 가는 거예요?"

"이사? 그래, 이사를 간다. 아주 먼 곳으로."

골방철학자는 쓸쓸하게 웃었다.

"네게 부탁할 게 있어."

"뭔데요?"

"저번에 그 예쁜 누나 있지? 그 누나에게 안부 좀 전해 줘."

"편지 심부름은 안 하기로 약속했잖아요."

"편지가 아니라, 말을 전해 달라는 거야."

"무슨 말인데요?"

"바로 이런 말이지."

그는 숲을 잔뜩 노려보며 나직이 중얼거렸다.

"지구의 여인이여! 그대는 내 마음을 빼앗았지만, 내 현실
을 빼앗지는 못하였노라. 명멸하는 불빛처럼 사랑은 순간에

저물고 마느니, 지구의 사랑은 밤하늘의 별빛 속에 각인되리라……."

"그게 무슨 주문이에요?"

"주문이 아니라 이건 시(詩)야."

골방철학자는 자만심에 가득 찬 얼굴로 빙긋 웃었다.

"저 하늘의 별을 봐라. 너는 저 별빛이 오백 년 전의 별빛이란 걸 아니?"

"몰라요."

"저 별은 너무 멀어서 빛조차 지구까지 오는 데 오백 년도 더 걸린단다. 지구에서 떠난 빛도 마찬가지야. 지금 여기서 빛을 보내면 저 별에서는 오백 년 뒤에나 그 빛을 알아볼 수 있는 거야."

"별이 그만큼 먼 게 그 주문하고 무슨 상관이 있죠?"

"그건 주문이 아니라니까."

골방철학자는 쓸쓸하게 웃었다.

"나는 지구에서의 아름다운 나날들을 언제까지나 잊지 못할 거다. 평범한 사람이 되려고 노력했던 추억조차 아름다울 거야. 나 자신을 드러낼 수 없었던 까닭에 실패한 지구 여인과의 사랑에 대해서도."

"아저씨 말은 하나도 못 알아듣겠어요."

골방철학자의 시도 혹시 '노란네모'가 아닐까, 나는 의심했다. 그는 어른들이 대개 그러하듯 내 나이를 트집 잡았다.

"그럴 테지. 너는 아직 어리니까. 어쨌든 내가 한 말을 그 누나한테 전해 다오. 외울 수 있겠니?"

무슨 뜻인지도 모르는 말을 어찌 외운단 말인가!

"처음에 어떻게 시작하죠?"

그는 참을성 있게 다시 중얼중얼 읊어 주었다. 이 괴상한 주문을 외우자니 내게도 상당한 끈기가 필요했다.

"······내 마음을 빼앗고, 내 현실도 빼앗았구나······."

"아냐! 아냐! 둘 다 빼앗으면 어떻게 해? 내 마음을 빼앗았지만, 내 현실을 빼앗지는 못하였노라!"

"······빼앗지는 못하였노라. 멍멍하는 불빛처럼······."

"멍멍이 아니라 명멸! 젠장, 너는 머리가 무척 나쁘구나!"

골방철학자의 신경질 섞인 질책을 들으며 나는 한참 만에야 간신히 외울 수 있었다. 그는 흡족한 표정을 지으며 자리에서 일어났다.

"좋아! 까먹으면 안 돼. 꼭 전해 주렴."

"아저씨는 인제 어디로 가는 거예요?"

"아까 말했잖니. 나는 우리 고향 별나라로 돌아가야 해. 그곳은 너무 멀어서 서둘러야 해."

"아저씨 고향이 별나라라구요?"

"응, 실은 나는 외계인이었어. 갓난아이였을 때 지구에 버려졌던 거야. 이제껏 나도 몰랐는데, 얼마 전 비행접시에서 연락이 왔단다. 나는 그 비행접시를 타야 해."

나는 깜짝 놀랐다. 기종이가 거짓말을 한 게 아니었구나.

"그럼, 저 숲속에 비행접시가 있어요?"

골방철학자는 고개를 끄덕였다.

"그동안 사람들은 나를 비웃고 멸시했지. 하지만 만일 그들이 외계인의 피를 가졌다면, 그들도 나와 마찬가지로 아무 일도 할 수 없었을 거야. 나는 불행하게도 지구에 쉽게 적응할 수가 없었단다. 내가 떠나고 나면 다른 사람들한테 말해도 좋아. 나는 어디까지나 그들을 사랑했다고 말야."

외계인의 목소리는 눈물에 촉촉이 젖어 있었다. 외계인과의 작별, 이 얼마나 낭만적인 일인가! 나는 너무 감동한 나머지 아무 말도 할 수 없었다.

"안녕, 꼬마야. 그리고 안녕, 아름다운 지구의 여인이여!"

그는 슬프게 중얼거리고는 별나라로 떠나기 위해 철조망 개구멍 속으로 기어 들어갔다. 그런데 그만 외계인의 바지 자락이 철조망 가시에 걸리고 말았다. 외계인은 바지 자락을 빼 내려고 한참을 낑낑대다가 애처롭게 말했다.

"제기랄, 좀 도와줘!"

바지만 안 끼었어도, 외계인은 좀 더 낭만적으로 귀향할 수 있었을 텐데⋯⋯. 지구의 철조망은 마지막 순간까지 외계인의 속을 썩였던 것이다.

간신히 개구멍을 빠져나간 골방철학자는 투덜거리며 숲속으로 사라졌다. 나는 호기심이 일었지만, 깜깜한 숲을 보니 뒤따라갈 엄두가 나지 않았다.

나는 후다닥 집으로 달려가 어머니에게 방금 있었던 일들을 죄다 얘기해 주었다.

어머니는 내 얘기를 듣고는 근심스러운 표정으로 중얼거렸다.

"숲으로 갔다고⋯⋯?"

어머니는 저녁 준비를 하다 말고 밖으로 뛰어나갔고, 잠시 뒤에 골방철학자의 홀어머니와 함께 나타났다. 나는 방금 있었던 일을 또 한 번 낱낱이 보고해야 했다. 홀어머니의 얼굴이 하얗게 질렸다.

한바탕 소동이 일어났다. 아버지도 뭔가 심상치 않다 싶었던지, 골방철학자를 찾으러 숲으로 가 보자고 했다. 아버지와 어머니 그리고 골방철학자의 홀어머니 세 사람이 저녁나절 내내 숲을 뒤졌지만, 골방철학자도 비행접시도 찾을 수 없었다.

"이를 어쩐담……. 요즘 꿈자리도 뒤숭숭하고, 아무래도 불길한 생각이 드네. 이를 어쩐담……."

가엾은 홀어머니는 눈물까지 흘리며 안절부절못했다. 애써 키운 외아들을 작별 인사도 없이 별나라로 훌쩍 떠나보낸 홀어머니의 슬픔을 생각하자, 나 또한 무척 가슴이 아팠다.

아아, 골방에 갇혀 천하를 꿈꾼들 무슨 소용 있으랴. 현실과 조화를 이루지 못한 욕망은 우리 마음속에 고이고 썩고 응어리지고 말라비틀어져, 마침내는 오만과 착각과 몽상과 허영과 냉소와 슬픔과 절망과 우울과 우월감과 열등감이 되어 버린다. 그리고 때로는 죽음마저 불러오기도 한다.

골방에 갇힌 삶……. 아무리 활달하게 꿈꾸어도, 골방은 우리 삶을 푹푹 썩게 만드는 무덤에 지나지 않는다. 왜냐구? ―상상은 자유지만, 자유는 상상이 아니기 때문이다.

　이튿날 아침, 골방철학자는 숲속에서 나무에 목을 맨 시체로 발견되었다.

외팔이 하 상사

인간은 누구나 태어나서 죽는다. 그리고 살아 있는 동안 인생은 전적으로 자신이 감당할 자신의 몫일 수밖에 없다. 아무도 대신 살아 주지 않는다. 대신 살아 줄 사람이 없는 것과 마찬가지로, 대신 죽어 줄 사람도 없다.

내 어릴 적 유행가 노랫말처럼, 인생은 나그네 길이고 벌거숭이여서 빈손으로 왔다가 빈손으로 가는 것인지도 모른다. 인간은 험한 세상과 홀로 마주 서 있는 단독자일지도 모르고, 인생이란 주어졌으니 사는 어쩔 수 없는 외길일지도 모른다.

그러나 인간과 인생에 대한 이 모든 실존주의적 정의가 다

옳다손 치더라도, 과연 인생은 단지 죽음으로 가는 길목까지의 외롭고 허망한 여정일 뿐인가. 그래서 사람과 사람 사이에 장벽을 두르고, 자기만의 골방에 갇혀 고독과 허무를 짓씹으며 혼자 살아가야 할 뿐인가.─천만에!

어차피 죽기 마련이라면, 사는 동안만큼은 사람답게 사는 편이 한결 낫다. 사람들이 서로 기대하고 믿고 사랑하고, 때로는 배신당하고 실망하고 절망하고 증오하고, 또 때로는 지지고 볶고 우당탕퉁탕 싸움박질도 하고 사는 광경에 어느 것 하나 부질없는 짓거리라곤 없다. 이 모든 광경들은 저마다 소중한 인생의 한 장면들이며, 사람들은 너 나 할 것 없이 죽기 위해서가 아니라 살기 위해서, 그것도 잘살기 위해서 노력하고 있는 중이다. 그리고 잘살기 위해, 사람은 결코 혼자 살지 않는다.

사람과 사람이 만나 얼마나 강해지는지, 나는 우리 동네 외팔이 하 상사의 경우를 보고 일찌감치 깨달을 수 있었다.

기종이는 걸핏하면 "우리 외삼촌이 월남전에 참전했을 때"를 떠벌리곤 했는데, 사실 기종이에겐 외삼촌이 없었다. 그

외삼촌은 다름 아닌 외팔이 하 상사가 둔갑한 것이었고, 월

남전 얘기도 모두 하 상사한테서 들은 것이었다.

외팔이 하 상사는 우리 동네에 자주 들르던 고물 장수였다.

그는 기종이한테 곧잘 맹호부대니 따이한이니 베트콩이니 얘

기를 들려주었고, 기종이는 그 얘기에 완전히 푹 빠져 있었

다. 하 상사의 왼쪽 팔에는 갈퀴가 꽂혀 있었는데, 전쟁터에

서 수류탄에 맞아 팔을 잃어버렸기 때문이라고 했다. 이 때

문에 동네 어른들이나 아이들은 누구나 그를 '외팔이 하 상

사'라고 불렀다.

하 상사는 고물 수레를 '모든 바퀴의 종점'인 공동 우물가

에 놓아두고 커다란 가위만 찔걱대며 우리 동네로 올라오곤

했다. 빈 병 하나, 신문지 한 장이 아쉬운 우리 동네에는 그

가 거둬 갈 고물이라곤 없었다. 엄밀히 말하면 우리 동네 전

체가 고물이었지만, 그렇다고 동네 전체를 떼메고 갈 수는 없

는 노릇이 아닌가.

하 상사는 우리 동네에 고물을 사러 오기보다는 도리어 팔

러 오는 쪽에 가까웠다. 제법 쓸 만한 우산이나 기름병으로

쓸 빈 병 따위를 챙겨 와 때로는 팔기도 했고, 때로는 거저

주기도 했다. 어쩌다 강냉이가 너무 먹고 싶은 나머지 어머니 고무신짝을 들고나오는 아이도 있었다. 그러면 하 상사는 군대 야전잠바 주머니에 가득 담아 온 강냉이를 한 움큼 쥐여 주며 아이를 타일러 보내는 것이었다. 하 상사는 커다란 덩치답게 넉넉한 인상이었고, 무슨 일에도 그저 허허허 웃었다.

하 상사는 동네에 올라오면 기종이네 집에서 가장 많은 시간을 보냈다. 기종이한테 전쟁 얘기를 들려주기도 하고, 이것저것 망가진 살림살이들을 고쳐 주기도 했다. 하 상사 주머니에 가득한 강냉이도 대부분 기종이 차지가 되었는데, 덕분에 나도 곁다리로 많이 얻어먹었다. 이러니 기종이가 하 상사를 외삼촌으로 둔갑시킨 것도 결코 무리는 아니었다.

그런데 어느 날 갑자기 기종이는 하 상사와 사이가 틀어져 버렸다.

"알고 보니 하 상사는 아주 나쁜 사람이다."

기종이는 언젠가 내게 이렇게 불만을 털어놓은 적이 있었다.

"어쩌면 베트콩 얘기두 전부 거짓말일지도 몰라. 그는 아주 교활한 사람이다."

"어째서?"

"나는 하 상사가 우리 집 부엌에서 쌀을 퍼 가는 걸 봤다. 나한테 잘해 준 건 그런 속셈 때문일 거야."

"설마……."

나는 의심할 수밖에 없었다. 하 상사가 도둑질하기로 마음 먹었다면, 뭣 땜에 하필 산동네에서도 가장 가난한 기종이네 집을 택하겠는가. 기종이는 하 상사와 단단히 틀어진 모양이었다.

"나는 하 상사 고물 수레를 들춰 본 적이 있다. 그런데 글쎄 고물 수레 밑바닥에 번듯한 텔레비전이 들어 있는 거야."

"텔레비전이?"

텔레비전이 귀한 때여서, 산동네 전체에 텔레비전을 가진 집은 만화 가게 한 군데뿐일 정도였다.

"그래. 고물 장수한테 텔레비전을 파는 사람이 어딨니? 그건 훔친 물건이 틀림없다. 너희 집두 조심해. 하 상사는 틀림없이 도둑놈이다. 아마 월남에 갔었다는 말도 죄다 거짓말일 거야. 도둑놈들은 으레 뻥을 잘 깐다."

"너희 집 쌀을 많이 잃어버렸어?"

"그동안 하 상사가 훔쳐 간 쌀이 아마 한 가마니도 더 될 거다. 그뿐인 줄 아니?"

"또 뭐를 훔쳐 갔는데?"

"뭐냐믄……"

기종이는 한참 동안 궁리했는데, 그건 그 아이 집에 훔쳐 갈 만한 물건이 너무 없었기 때문이었다.

"어쨌든 많이 훔쳐 갔어."

그러나 하 상사는 도둑놈답지 않게 여전히 쩔꺽쩔꺽 가위질을 하며 산동네에 나타났다.

기종이는 하 상사의 가위질 소리만 들렸다 하면 냉큼 숲속으로 줄행랑을 쳤다. 그래서 나는 오히려 기종이가 하 상사의 물건을 훔친 것이 아닌가 의심마저 들 정도였다.

한번은 기종이가 숲속에서 혼자 징징 울고 있는 꼴을 본 적도 있었다. 내가 왜 우냐고 묻자, 기종이는 이렇게 말했다.

"하 상사 그 새낀 아주 나쁜 놈이다. 공연히 나를 막 때리지 않겠니? 그것두 무지막지한 갈고리로 말야."

"아무 잘못도 안 했는데두?"

"그래, 이유 없이 무조건 두들겨 패는 거야."

"어디를 맞았어?"

"머리, 뺨, 가슴 할 것 없이 마구 얻어맞았다."

기종이는 아주 서럽게 꺼이꺼이 통곡을 했다.

"나는 너무 아프다. 그래서 울고 있는 거야. 하 상사 그 새끼 악마가 틀림없다."

그런 뒤 한동안 하 상사는 동네에 나타나지 않았다. 그래서 나는 정말 하 상사가 기종이를 때렸는지도 모른다고 생각했다. 기종이도 더는 하 상사 얘기를 꺼내지 않았다. 아니, 어쩌면 하고 싶었는데 이 무렵 나와 사이가 틀어지는 바람에 할 수 없었던 것인지도 모른다.

날씨가 제법 쌀쌀해졌을 무렵의 어느 날 저녁, 산동네에는 오랜만에 하 상사의 쩔꺽쩔꺽 가위질 소리가 울려 퍼졌다. 그리고 그 가위질 소리와 함께 하 상사와 기종이네 누나가 결혼을 한다는 소식도 들려왔다.

나는 그제야 비로소 하 상사가 기종이네 집에서 무엇을 훔쳐 갔는지 깨달을 수 있었다.

하 상사는 그동안 새살림 차릴 집까지 마련해 둔 모양이었다. 그건 기종이네가 산동네를 떠난다는 말과도 같았다. 동네 사람들이 너럭바위 앞에 옹기종기 모여들었다.

아이구 정말 잘된 일이야, 그동안 오누이 둘이서 사는 게 얼마나 딱해 보였는지, 예끼 음흉한 사람, 그리고 보니 하 상사 가위질 소리에도 다 애절한 사연이 있었구먼……. 동네 어른들은 너나없이 축복과 찬사의 말을 아끼지 않았고, 하 상사는 연신 허허허 너털웃음을 터뜨렸다. 기종이네 누나는 얼굴이 빨개져 아무 대꾸도 못 했다.

그러나 기종이는 보이지 않았다. 나는 기종이가 어디 갔는지 짐작할 수 있었다. 숲속 개울가 바위로 가 보니, 아니나 다를까 기종이는 거기 혼자 앉아 엉엉 울고 있었다. 그동안 사이가 틀어져 좀 어색했지만, 나는 다정하게 물었다.

"왜 우니?"

"너무 아파서 울고 있는 거야."

"어디가 아파?"

"하 상사 그 새끼가 나를 막 때렸어. 그것두 그 무지막지한 갈고리로 말야. 나는 너무 아프다."

"너는 누나가 결혼하는 게 싫니?"

"나는 그 새끼한테 누나를 뺏겼어. 베트콩 얘기를 해 줄 때, 그 새끼 속셈을 알아차려야 했는데……. 이제 나는 완전히 외톨이야."

기종이는 엉엉, 껄떡껄떡 자꾸자꾸 울기만 했다. 사정을 모르는 나로서는 기종이한테 아무 말도 해 줄 수 없었다. 그 아이가 어찌나 구슬프게 울던지, 나는 결혼하는 건 아주 비참한 일이 아닐까 의심마저 들었다.

얼마쯤 지났을까. 뒤에서 기종이네 누나가 부르는 소리가 들렸다. 기종이는 후다닥 달아나려 했지만, 내가 재빨리 붙들었다. 어쩐지 그래야만 할 것 같아서였다.

"놔! 놔! 노란네모 이 새끼, 너도 한통속이었구나! 개새끼! 반드시 복수하고 말 테다."

기종이는 내 손을 뿌리치려고 이를 갈며 발버둥 쳤다.

누나가 다가와서 기종이를 꼭 안아 주었다. 기종이도 더 반항하지 않았다. 누나의 눈에도 눈물이 가득했다. 누나가 나더러 이제 가 보라는 손짓을 해 보였으므로 나는 비실비실 그곳을 떠났다.

얼마쯤 가다 뒤돌아보니 기종이네 오누이가 다정하게 앉아 얘기를 나누고 있었다. 그때 불쑥 커다란 손이 내 어깨를 짚었다. 외팔이 하 상사였다.

"여기서 다 보고 있었다. 기종이를 붙잡아 줘서 고맙다. 그건 잘한 일이야. 누나는 더 고통을 받아선 안 돼."

하 상사도 코를 훌쩍이고 있었다. 그는 갈퀴손으로 코를 눌러 콧물을 킁 뺄고는, 주머니에서 강냉이를 한 움큼 꺼내 내 손에 쥐여 주었다. 나는 어쩐지 강냉이에 콧물이 묻은 것 같아 꺼림칙했다. 하 상사가 갑자기 쾌활한 목소리로 말했다.

"이봐, 꼬마야. 내가 보기엔 말야, 기종이 저 녀석은 터무니없는 공상을 너무 많이 하는 것 같아. 순 거짓말쟁이야! 너희 꼬마들은 다 저러냐? 아니면 저 녀석만 유별난 거냐? 나 원 참, 복잡해서……."

하 상사는 슬픔을 오래 가슴에 품어 둘 만한 성격의 소유자는 아니었다.

며칠 뒤 기종이네 오누이는 산동네를 떠났다. 하 상사의 고물 수레가 그날은 이삿짐 수레 노릇을 해 주었다. 나는 큰길까지 기종이네 세 식구를 배웅해 주었다. 헤어질 무렵 기종이는 느닷없이 나에게 크게 경례를 붙였다.

"잘 있어라, 노란네모! 너는 앞으로 훌륭한 화가가 될 게 틀림없다. 넌 나보다 훨씬 더 뻥을 잘 까니까."

세 식구는 낡아 빠진 이삿짐을 가득 실은 손수레를 밀거니 끌거니 하며 떠났다.

사람은 서로 만나고 힘을 보태고, 그리고 강해진다. 그러한 세상살이 속에 사람은 결코 외톨이도 고독한 존재도 아니다. 서로에게 힘이 되고 위안이 된다. 그리고 인생이 갑자기 아름다워진다. 오누이는 하 상사의 왼팔이 되어 줄 것이며, 하 상사는 오누이의 부모가 되어 줄 것이다.

나는 신비한 마법을 보듯 멀어지는 손수레를 오래오래 바라보았다.

그 뒤 나는 한 번도 신기종을 만난 적이 없다. 그러나 어디선가 잘살고 있으리라. 아홉 살 나에게 진실 이상의 것들을 가르쳐 준, 순 거짓말쟁이!

망할 놈의 야유회

    기종이가 떠난 얼마쯤 뒤였다. 나는 모처럼 우림이를 숲에 데려갈 기회를 얻을 수 있었다.

    나는 그동안 틈만 나면 우림이한테 나의 숲을 자랑했지만, 그 아이는 숲 따위에는 전혀 관심이 없었다. 내가 까마중 열매의 시큼한 맛에 대해 얘기하면, 그 아이는 대뜸 이렇게 핀잔을 줬다.

    "얘, 너는 어떻게 그런 걸 먹고 다니니? 더럽지두 않아?"

    또 내가 개울물을 막아 둑을 만드는 놀이에 대해 얘기하면, 쯧쯧 혀를 차며 이렇게 말했다.

"그런 놀이를 하면 금세 옷을 버린단 말야."

말처럼 타고 놀 상수리 나뭇가지가 숲속에 얼마나 많은지 자랑해도 반응은 마찬가지였다. 고개를 절레절레 흔들며 이렇게 쫑알거리는 거였다.

"넌 영락없는 어린애구나!"

'어린애'는 우림이가 다른 아이를 깔보고 싶을 때 즐겨 쓰는 말이었다. 그 아이는 자신이 어른이라고 굳게 믿고 있었고, 또 그런 믿음 때문에 쉽게 불행해졌다. 그 아이는 마치 늙은 나이에 코흘리개들 교실에서 공부해야 하는 만학도처럼 굴며, 늘 자신의 처지를 비관하곤 했던 것이다. 하지만 나는 '어린애'라는 말에 그다지 모욕감을 느끼지 않았다. 나는 누가 봐도 분명한 어린애가 아닌가.

사실은 우림이한테 숲에 대해 얘기할 기회조차 별로 없었다.

그 아이는 늘 자기 말만 하려 들었고, 내 말에는 시큰둥했다. 그러나 내가 제 말에 딴청을 피우는 건 결코 용서치 않았다. 갑자기 말을 끊고 싸늘한 눈초리로 나를 바라보며 말했다.

"너는 남의 말을 귀담아듣지 않는 나쁜 버릇이 있어!"

그 아이는 마치 이렇게 해야만 공평하다고 굳게 믿고 있는 듯했다.

우림이가 가장 좋아하는 대화는, 다른 아이가 얼마나 자기 마음에 안 드는지에 관한 것들이었다. 그 아이는 이렇게 조잘대곤 했다.

"나는 개처럼 옷을 촌스럽게 입고 다니는 아이는 한 번도 본 적이 없어. 너는 그림을 잘 그리니까 빨간색하고 초록색이 얼마나 안 어울리는지 잘 알지?"

우림이가 내 그림 솜씨를 인정해 주는 건 오직 남의 옷맵시를 흉볼 때뿐이었다.

"그리고 그 천박한 모자는 또 뭐람! 꼭 닭 벼슬처럼 우스꽝스럽지 뭐야. 너두 그렇게 생각하지?"

나는 그렇다고 대답해야 했다. 만일 내가 쓸데없이 오기를 부려 반대라도 할 것 같으면, 우림이는 반드시 다른 문제를 트집 잡아 시비를 걸었다.

"참 이상하구나? 너는 어째서 그 계집애 얘기만 나오면 자꾸 두둔하려 들지?"

"두둔하는 게 아니라, 나는 그렇게 생각하지 않는다는 걸 말한 것뿐이야."

"그 계집애에 대해서만큼은 말이지?"

"걔는 나와 아무 상관두 없어!"

"상관없는 계집애를 두둔하는 게 네 취미인 모양이지?"

"……."

우림이와 말싸움을 하면 나는 도무지 이길 재간이 없었다.
그 아이는 차라리 나와 절교를 하는 한이 있어도, 말싸움에
서 지고 싶어 하지 않았다. 정 자신이 불리해질 것 같으면 그
아이는 서글픈 목소리로 이렇게 말했다.

"애, 우리는 아무래도 서로 마음이 안 맞는 것 같아. 슬프
게두, 성격이 너무 달라."

그건 인제부터 너랑 놀지 않겠다는 선언과 같았다. 물론
나는 그러고 싶지 않았다. 남의 모자가 닭 벼슬 같든 말든 그
게 뭐가 그리 대단한 문제란 말인가! 그러니 우림이와 말싸
움이 일어날 기색이 보이면, 일찌감치 항복해 버리는 편이 나
았다. 그러나 항복도 요령껏 해야 했다.

"너 지금 나를 놀리는 거니? 내 말에 무조건 응, 응 하고만
있잖아. 내 말이 그렇게 듣기 싫어?"

이런 말을 듣지 않으려면, 적당히 반박하고 대체로 따라

주는 고도의 기술이 필요한 것이다.

 그런데 뭐든 제멋대로만 하려 드는 이 아이가 무슨 마음을 먹었던지, 어느 날 숲에 놀러 가자고 먼저 제의했다. 그 말은 나를 무척 기쁘게 했다. 나는 마음이 잔뜩 설레어 좀 호들갑스러워졌다.

 "지금이 여름이었으면 더 좋았을 뻔했어. 넌 매미를 한 번도 직접 본 적이 없지? 나는 다람쥐처럼 나무를 잘 타니까, 너한테 매미를 잡아 줄 수도 있었을 텐데 말야. 하지만 아무리 나무를 잘 타도, 매미를 잡는 건 쉬운 일이 아니야. 매미는 조금만 이상해도 소리를 그쳐 버리거든. 그러면 그놈이 어디 숨었는지 알 수가 없게 되지. 지난번에는 말야……."

 우림이는 그런 나를 보고 깔깔 웃으며 말했다.

 "내가 네 숲에 놀러 가자고 한 게 그렇게두 좋니? 그리고 보니, 그동안 내가 너무 내 생각만 했구나."

 나는 우림이의 웃는 모습이 너무너무 좋았다.

 그러나 말썽은 숲으로 들어가는 입구에서부터 시작되었다. 내가 철조망 개구멍을 한껏 벌려 줬는데도 우림이는 선뜻 들어가려 하지 않았다.

"이리로 들어가야 하는 거야?"

"응. 그래도 이게 제일 큰 구멍이야."

"철조망이 있다는 얘기는 하지 않았잖아."

"철조망 따윈 그냥 쳐 놓은 거야. 구멍이 크니까 옷 버릴 염려도 없어."

"난 한 번도 그렇게 해 본 적이 없어. 꼭 도둑질하는 것처럼……."

"이건 도둑질이 아니야!"

나는 좀 짜증을 내었다. 우림이는 어쩔 수 없다는 듯 한숨을 쉬었다.

"그래, 어쨌든 일단 들어가 보자."

간신히 숲으로 들어가기는 했지만, 우림이는 얼마 가지 않아 끼약 비명을 질렀다. 길옆에 아기 주먹만 한 왕거미 한 마리가 유유히 거미줄을 타고 있었던 것이다. 나는 나무 막대로 재빨리 거미줄을 거둬 버렸다.

"괜찮아. 크기만 하지 사람을 물지는 않아."

그러나 우림이는 낯빛이 파랗게 질려 화를 냈다.

"나는 저쪽 길로는 안 가겠어."

우림이는 다른 쪽 샛길로 가려 했다. 그 샛길은 끝이 가시덤불로 막힌 길이었다. 원래는 길도 아닌데, 아이들이 똥 누는 장소로 자주 지나다니다 보니 길처럼 넓게 다져진 거였다.

"그쪽은 막힌 길이야. 가시덤불밖엔 없어."

"그래도 왕거미를 만나는 것보다는 나아."

"그건 길이 아니래두."

"이렇게 넓은데 어째서 길이 아니라는 거니? 좁은 길로 나를 끌고 다니며 왕거미나 보여 주려고 그러는 거니?"

"나는 이 숲속 길은 다 알아."

"넌 몹시 잘난 체하는구나. 나도 내가 가고 싶은 길을 선택할 권리가 있어!"

우림이는 막무가내로 고집을 피웠다. 나는 짜증스러워 '어디 한번 가 보렴.' 하는 심정으로 내버려 두었다. 얼마 가지 않아 우림이도 길이 막혔음을 깨달았다. 나는 우림이가 미안해할까 봐 조심스레 말했다.

"그것 봐. 내가 뭐랬어. 길이 막혔다는데 어째서 내 말을 듣지 않니?"

"이 숲은 정말 거지 같아!"

우림이는 왔던 길로 되돌아 나오며 자기 잘못을 공연히 숲에 뒤집어씌우려 들었다. 그리고 나한테도 툴툴 신경질을 부렸다. 그 바람에 나도 기분이 잡쳐 버렸다.

일은 정말 더럽게 꼬였다. 얼마쯤 걷다 우림이가 '으악' 하고 외치고는 이내 울상이 되었다.

"난 몰라! 내 신발이 엉망이 되었어!"

무심코 똥을 밟은 모양이었다. 숲속에는 똥이 많았다. 아이들이 놀러 왔다가 급한 김에 뒷일을 보기도 했고, 화장실이 변변찮은 산동네 사람들도 종종 숲속을 이용했기 때문이다.

"어떻게 해. 산 지 얼마 되지도 않은 신발이란 말이야."

우림이는 울먹울먹 울음을 터뜨릴 표정이었다. 나는 당황하지 않을 수 없었다.

"괜찮아. 내가 개울물에 씻어 줄게. 그럼 깨끗해질 거야."

"똥을 밟은 게 괜찮다고? 그럼 괜찮지 않은 일이 대체 뭐니?"

우림이는 신경이 잔뜩 날카로워져서 마구 쏘아붙였다.

"이런 더러운 숲이 뭐가 좋다고 나더러 놀러 가자고 한 거

니? 나는 이렇게 더러운 곳엔 한 번도 와 본 적이 없어. 집에
갈래."

"가만있어 봐. 어쨌든 신발부터 닦아야 하잖아."

이 말에는 우림이도 어쩔 수 없었던 모양이었다. 똥 묻은
신발을 끌고 집까지 가는 건, 그 아이로서는 상상도 못 할 일
이었을 테니까. 우림이는 마치 똥 묻은 신발을 신은 발은 아
예 발도 아니라는 듯, 다른 한쪽 발만으로 쩔뚝쩔뚝 걸어 개
울가까지 따라왔다. 내가 똥을 밟았다면 그냥 낙엽에 쓱쓱
문지르면 그뿐일 거였다. 그러나 나는 우림이를 개울가 바위
에 앉혀 놓고 신발을 개울물에 정성껏 씻어 주었다.

"얘, 그렇게 마구 닦으면 어떡하니? 신발이 물에 다 젖잖
아!"

우림이는 어떻게 해서든 나한테 모든 잘못을 뒤집어씌우지
못해 안달이었다.

"이리 내! 어쩜 신발 하나 제대로 못 닦니?"

내 손에서 신발을 빼앗아 제가 씻으려 했지만, 신발은 도리
어 더 젖어 버렸다. 그 꼴을 보자, 나도 화가 울컥 치솟았다.

"아예 빨래를 할 셈이구나!"

"그래서 고소하다는 거니?"

"그냥 내가 씻어 주도록 내버려 뒀으면 신발이 안 젖었잖아."

"내 신발이니까 넌 참견하지 마!"

내 참을성은 이미 한계를 넘어서, 우림이를 돌봐 주고 싶은 마음도 깡그리 사라졌다. 내 앞에는 오직 어리석은 주제에 고집까지 센 볼품없는 계집아이 하나가 서 있을 뿐이었다.

"물론 그건 네 신발이야. 젖은 신발을 신어야 할 사람도 바로 너구!"

"걱정해 줘서 대단히 고맙구나. 똥까지 밟게 해 주고 말야!"

"똥은 네가 밟았지, 내가 밟으라고 시켰니?"

"네가 숲에 놀러 가자고 꼬시지만 않았어도……."

"숲에 가자고 한 사람은 바로 너였어!"

우림이는 나를 한참 동안 쏘아보다가 울먹울먹 울음을 터뜨렸다.

"내가 좋아서 숲에 가자고 한 줄 알았니? 천만에! 나는 네가 좋아할 것 같아서 가자고 한 거야. 네 기분을 맞춰 주려고 그런 거라구! 알아?"

가슴이 뭉클했다. 그러나 사과하기는 싫었다. 내가 도대체 뭘 잘못했단 말인가!

우림이는 젖은 신발을 주섬주섬 꿰어 신고는 앙앙 울며 내 곁을 떠났다. 혼자 울면서 숲길을 내려가는 모습이 너무 애처로워 보여 당장 달려가 달래 주고 싶었지만, 망할 놈의 자존심 때문에 차마 그럴 수가 없었다.

우림이의 빨간 스웨터가 모퉁이를 돌아 더는 안 보이게 되자, 나는 걷잡을 수 없이 화가 났다.

─ 망할 놈의 왕거미! 망할 놈의 똥! 망할 놈의 신발!

나는 개울가 바위를 주먹으로 꽝꽝 치며 엉엉 울음을 터뜨렸다. 망할 놈의 야유회……!

숲에서의 방랑

우림이를 두 번 다시 보고 싶지 않았다. 그 아이와의 피곤한 싸움이 내 일생 동안 한없이 계속될 것 같아 절망스러웠다. 나는 싸움을 피하는 가장 손쉬운 방법을 택했다. 그건 학교에 가지 않는 거였다.

내 마음속에는 우림이한테 복수하고 싶은 몹쓸 욕망도 꿈틀거렸다. 우림이가 결석했을 때 내가 그러했듯, 우림이 또한 내 텅 빈 자리를 보고 몹시 가슴 아파하리라! 그 아이가 가슴 아파하는 모습을 상상하는 건 자못 유쾌한 일이었다.

우림이가 미워지자, 학교가 온통 미워지는 느낌이었다. 만사가 지긋지긋했고, 타락해 버리고 싶은 욕구가 가슴속에서 꿈틀거렸다. 절망에 빠진 아이는 학교에 가지 않는 게 마땅해! 나는 이렇게 믿었다.

결석을 했다 해서 염려할 바는 없었다. 우리 반 월급기계의 자상치 못함이 이때만큼은 고맙게 느껴졌다. 하기야 그가 자상하다 할지라도, 내가 결석했음을 우리 집에 알릴 방법이 없을 거였다. 나중에 학교에 가면 무단결석을 했다는 이유로 매를 맞겠지만, 그건 그때 가서 생각할 일이었다.

사실 무단결석이 처음도 아니었다. 기종이 꾐에 넘어가 두어 번 농땡이를 친 적이 있었다. 그때도 나는 월급기계한테 따귀 몇 차례 얻어맞는 걸로 때웠다. 그러나 나는 이제 본격적으로 농땡이를 칠 심산이었다.

나는 성적도 지지리 나쁜 아이였고, 공부에 흥미도 없었다. 미술 시간에 뻐기는 일에도 싫증이 났다. 사실 이젠 아이들도 내 그림 솜씨를 의심하기 시작했다. 그 느닷없는 행운 이후로 몇 차례 미술 대회에 참가했지만, 한 번도 상을 받지 못했기 때문이었다.

또 나는 모범생이라 할 수도 없었다. 모범생이 되는 일에도 돈이 들기 때문이었다. 나는 늘 과제물을 가져오지 못해 손바닥을 맞곤 했다. 그러나 월급기계는 알지 못했다. 폐품 수집 때 아이들이 가져오는 빈 병이나 신문지가 우리 집에서는 결코 폐품이 아니라는 사실을. 그리고 그 빈 병 하나 주우려고 내가 얼마나 숲속을 뒤져야 했는지도.

나는 학교에 가는 척 집을 나와 숲속 비밀 기지로 갔다. 비밀 기지는 나뭇가지를 엮어 동굴처럼 만든 곳이었다. 극성스러운 아이들은 흙을 퍼다 바닥을 다지고 그 위에 널빤지까지 깔아 제법 아늑한 밀실로 꾸며 놓았다. 더구나 밖에서는 좀처럼 눈에 안 띄므로 수업을 빼먹고 시간을 보내기에는 안성맞춤인 장소였다. 나는 기종이가 수업을 빼먹을 때 이 비밀 기지를 이용한다는 사실을 잘 알고 있었다.

동굴 안에 앉아 있자니 기종이가 몹시 그리웠다. 그 아이만이 우리 반에서 유일한 산동네 아이였던 것이다. 나는 갑자기 오직 그 아이만이 내 슬픔을 알아줄 것 같다는 생각이 들었다. 무릇 떠나 버린 것은 두 배쯤 더 아쉬워지기 마련이니까. 그러나 솔직히 말하면, 그리운 것은 기종이가 아니라 우림이였다.

우림이가 내 빈자리를 바라보며 슬퍼하는 광경을 떠올리면, 나는 가슴이 미어졌고 그만 골방철학자마냥 목을 매 버리고 싶은 충동마저 드는 거였다. 그러면 우림이는 내 시체앞에서 눈물을 흘리리라.

─아아, 나는 바보였어! 이 아이가 내게 그토록 잘해 주었는데, 나는 그걸 도무지 몰랐어. 이 아이한테 공연히 성질만 내었지. 얘, 그렇게 누워 있지만 말고 눈을 좀 떠 보렴.

이렇게 뉘우칠지도 모른다. 이런 상상 때문에 나는 견딜 수 없이 슬퍼졌다. 그러나 한편으로는 두렵기도 했다. 그건 언젠가 우림이가 내게 이렇게 말한 적이 있기 때문이었다

─나는 말이야, 아주 슬프게 죽고 싶어. 왜냐구? 그걸 몰라서 묻니? 너는 아름다운 여자가 낄낄대며 죽는 꼴을 한 번이라두 본 적이 있니? 아냐, 그런 일은 절대루 없어! 세상에 아름다운 여자들은 모두 절망에 빠진 나머지 슬프게 죽는 거야. 그런 걸 바로 '비극적인 죽음'이라고 해. 아아, 나는 언제나 그런 '비극적인 죽음'을 해 볼까?

이 철딱서니 없는 아이가 내가 죽은 줄 알고 너무 절망한 나머지 자살을 하면 어쩌지? 그러면 나는 그 아이의 시체 앞

에 앉아 울음을 터뜨리는 수밖에 없으리라. 우림아, 그건 연극이었어! 나는 이렇게 멀쩡하게 살아 있는데, 그것두 모르고 네가 죽었구나. 아아, 불쌍한 우림이! 이런 상상을 하면 또다시 슬퍼졌다.

나는 시간이 아주 많았으므로 이 슬프고 짜릿한 상상들을 될 수 있으면 천천히 맛보려 애썼다. 한꺼번에 다 슬퍼해 버리고 나면, 나머지 시간이 너무 따분해질 것 같아서였다. 슬픈 상상은 얼마든지 할 수 있었다. 나는 나 자신을 이루 말할 수 없이 훌륭한 아이로 만들었다가, 그럼에도 불구하고 아무도 인정해 주지 않는 불쌍한 아이로 만들었다. 그러면 나는 내가 너무 불쌍해 찔끔찔끔 눈물이 났다.

나를 아름다운 별나라의 왕자님으로 만드는 상상도 퍽 짜릿한 맛이 있었다. 별나라 왕자님은 재수 없게 지구로 떨어져 어떤 계집아이를 만났다. 그 계집아이는 제 깐에는 꽤 잘난 줄 알고 있었기 때문에, 허름한 옷차림만 보고 왕자님을 마구 깔보았다. 왕자님은 계집아이를 사랑했지만 그 도도함에 그만 질려 버렸다. 마침내 왕자님이 자기 나라로 돌아갈 날이 되었다. 왕자님은 그 계집아이네 집을 찾아가 자신이 별나라 왕자였음을 밝힌다. 계집아이는 그제야 자신의 못난 허영심을 뼈저리게 뉘우친다……. 그런데 내 상상은 여기서부터 갈등이 생겼다. 이 계집아이를 용서해서 함께 별나라로 가자니 그동안의 죄가 너무 괘씸하고, 버려두고 혼자 떠나자니 계집아이가 너무 불쌍하게 느껴졌기 때문이었다. 나는 할 수 없이 두 가지 경우를 다 해 보기로 했다. 왜냐하면 나는 시간이 아주 많았으므로.

시간이 너무 많다는 건 그리 좋은 일이 아니었다. 골방철학자도 그랬을까? 시간이 너무 많아 온갖 상상을 다 하다 마침내 자신을 별나라 왕자님으로 착각하게 된 것일까?

동굴 안에 청승맞게 앉아 있자니 정말 좀이 쑤셨다. 그렇다고 해서 함부로 싸돌아다닐 처지도 못 되었다. 어머니랑 친한 동네 사람과 마주치기라도 한다면 난처한 일이 생길 게 뻔했기 때문이다. 나는 슬픈 상상을 너무 한꺼번에 해 버린 것을 후회했다. 그러나 나는 더 견딜 수가 없었다. 좀이 쑤시는 건 둘째 치고 동굴 안이 너무 추워 온몸이 떨렸기 때문이었다.

나는 비밀 기지에서 나와 숲속을 쏘다녔다. 그러나 따분하기는 마찬가지였다. 상수리나무 백마를 타고 달려 보기도 하고, 개울물을 막아 둑을 쌓기도 하고, 다람쥐를 추격해 놈의 굴을 약탈해 보기도 했다. 그러나 이내 시들해졌다.

나는 땅에 떨어진 예쁜 모양의 도토리들을 주머니가 불룩하도록 주워 모았다. 그 도토리들을 우림이에게 선물하고 싶다는 생각이 문득 떠오르자, 한없이 슬퍼졌다. 애써 모은 도토리들을 모조리 다람쥐 굴에 집어넣어 주었다. 나는 갑자기 세상에서 가장 슬픈 아이가 된 것 같았다.

그러나 학교에 다시 돌아가지는 않으리라. 으아아아아~ 나는 늘어지게 기지개를 켰다.

❄   ❄   ❄

골방철학자에게 있어서 골방이 그러했듯, 내게 있어서 숲 또한 단지 방랑의 장소일 뿐 피난처도 은둔처도 휴식처도 되어 주질 못했다.

인간은 도대체 홀로 살 수 있는 존재가 아니어서, 황홀하든 끔찍하든 더불어 살아갈 도리밖에 없는 것이다. 고단한 세상살이를 피하고 피하고 또 피해 저 혼자 아무리 고고하고 우아해지려 애써도, 세상은 결코 우리를 내버려 두는 법이 없다. 내 낭만적인 숲속의 방랑에도 어찌나 훼방꾼들이 많던지!

무성한 나뭇잎들이 이미 떨어질 대로 떨어져 숲속에는 낙엽이 수북이 쌓여 있었다. 바싹 마른 낙엽들을 밟으면 "빠작!" 하는 소리를 내며 푹 꺼져 버렸다. 그 소리는 경쾌했으나 슬프게 느껴졌다.

아아, 쓸쓸한 가을……

빠작!

외로운 삶……

빠작!

상처 입은 마음……

빠작!

나는 낙엽 밟기 놀이에 몰두해 온종일 숲을 쏘다녔다.

빠작, 빠작, 빠작, 빠작…….

숲속의 다람쥐들은 무척 바빠졌다. 곧 겨울이 닥쳐올 것을 본능적으로 알기 때문이었다. 다람쥐들은 분주하게 나무를 오르내리며 도토리나 상수리를 한 톨이라도 더 주워 모으려 애썼다.

나는 그동안 한 번도 산지기를 만난 적이 없었는데, 하필이면 이때 산지기를 만나게 되었다. 그건 내가 낙엽 밟기 놀이에 너무 열중한 때문이었다.

빠작, 빠작, 빠작, 빠작······.

한참 신나게 밟고 다니는데, 얼굴이 시꺼먼 사내가 나를 불렀다.

"야, 너 이리 와 봐!"

나는 뜨끔했지만 달아나기엔 너무 늦었다. 이미 그의 사정거리 안에 들어 있었던 것이다. 나는 미적미적 그에게 다가갔다. 물론 그가 산지기이리라곤 전혀 생각도 못 했다. 그는 입에서 불을 뿜고 있지 않았으므로.

"너 이 숲에 어떻게 들어왔니?"

나는 그제야 '아차 산지기구나!' 싶었다. 나는 잔뜩 주눅이들어 조그맣게 대답했다.

"놀러 왔어요."

철썩!

사내의 커다란 손이 내 뺨을 후려갈겼다.

"철조망까지 쳐 놨는데, 어느 구멍으로 들어왔냐고!"

철조망에 구멍이 어디 한두 군데였던가. 나는 손으로 아무 쪽이나 가리켰다.

철썩!

사내가 또 한 차례 내 뺨을 갈겼다.

"누가 네 맘대로 이 숲에 들어와도 된다고 그러디?"

"들어오지 말란 얘기도 못 들었어요."

"요 녀석이!"

철썩! 철썩!

사내는 아예 마음 턱 놓고 내 뺨을 두들겼다. 자기한테는 그럴 권리가 있다는 듯 당당한 태도였다. 나는 뺨이 얼얼했다. 하지만 이 험악한 사내에게 대들 엄두가 나지 않았다. 사내는 군대식으로 명령했다.

"차렷! 어쭈, 똑바로 안 서? 열중셧! 차렷! 열중셧! 차렷! 정신 못 차리지? 열! 차! 열! 차! 이 새끼, 아무래도 파출소에 끌려가야 정신을 차리겠구나."

나는 완전히 겁에 질려 사내의 명령에 열심히 복종했다.

"바지 내려! 실시!"

"예?"

철썩!

"바지를 까 내리란 말야."

나는 주섬주섬 바지를 내리고 고추를 드러내 놓았다. 이렇게 함으로써 그는 내가 도망갈 염려가 없다고 안심하는 눈치였다. 벌건 대낮에 남 앞에 고추를 드러내 놓고 있는 나의 기분은 참담하고 비참했다. 낙엽을 밟던 낭만적인 기분은 잡친지 오래였다.

"너 산동네 살지?"

"예."

"땔감 꺾으러 들어왔지?"

"아뇨."

"거짓말!"

철썩!

"정말이에요. 저는 낙엽을 밟고 있었어요."

"지랄하고 있네!"

철썩!

이 낭만적이지 못한 사내에게 이런 항변은 정말 아무짝에도 쓸모없는 것이었다.

"어느 어느 집에서 나무를 꺾어 갔는지 말해!"

"몰라요."

철썩!

"정말 몰라요."

그는 들고 있던 나뭇가지로 내 고추를 툭툭 건드렸다.

"정말 몰라?"

아아, 그의 웃음은 얼마나 징그럽고 섬뜩했던가! 그는 냉정한 훈련 조교였고, 교활한 고문 경찰이었다.

"너희 학교 어디야?"

그는 학교, 학년, 학급, 이름까지 물어 수첩에 적은 뒤 음흉하게 말했다.

"너는 지금까지 이 숲에서 꺾어 간 나뭇값을 물어내야 해."

"저는 나무를 꺾지 않았어요."

철썩!

"누가 훔쳤든 나무는 없어졌어! 그리고 너는 바로 현장에서 적발되었지. 나는 누구한테서든 나뭇값을 받아 내야 해."

"저는 돈이 없어요……."

철썩!

"누가 너한테 받겠대? 나는 너희 선생님한테 찾아가 물어 달라고 할 거야."

"안 돼요……. 그러면 전 퇴학당할 거예요. 아저씨, 제발 한 번만 용서해 주세요. 다시는 숲에 안 들어올게요."

그는 잠시 궁리하다가 말했다.

"너 돈 가진 거 있어?"

"없어요. 하지만 집에 저금통은 있어요."

"좋아! 삼십 분 뒤에 네 저금통을 가지고 이리로 와. 다른 사람한테 말하면 어떻게 되는지 알지?"

"네……."

"좋아. 바지 올리고 지금 빨리 갔다 와. 늦으면 가만 안 둘 거야."

이렇게 해서 나는 석방되었다. 사내는 그 자리에 앉아 여유 만만하게 담배를 꼬나 물었다.

그의 사정거리에서 벗어났다고 판단했을 때, 나는 사내를 향해 냅다 소리를 질렀다.

"꼬마들 코 묻은 돈이나 털어 먹는 이 나쁜 놈아! 지금 당장 학교에 찾아가 떼를 써 봐라! 내가 미쳤다고 너 같은 악당 한테 우리 학교를 순순히 알려 주냐?"

사내가 쫓아올 기색을 보이자, 나는 냉큼 달아나 버렸다. 사내가 뒤에서 악악 소리를 질렀다.

"저런 호로 새끼! 너 다음에 또 만나면 보자!"

나도 악악 소리를 질렀다.

"오늘 맞은 것두 억울한데, 또 만나서 또 맞니? 나 잡으면 용치, 메롱!"

그날 배운 인생—오늘 우리는 창 넓은 찻집에서 다정스런 눈빛으로 천천히 살아온 나날처럼 따뜻한 커피를 우아하게 마시지만, 내일은 돼지처럼 뚱뚱한 수사관에게 끌려가 곰팡 내 풀풀 나는 지하 밀실에서 똥오줌 질질 싸며 고문을 받을 수도 있다.

험상궂은 세상의 낭만이란, 허망하게 깨지기 쉬운 마른 낙엽 같은 것. ······빠작!

돌아온 탕아

    그러나 나의 방랑은 산지기 때문이 아니라, 오금복의 고자질 때문에 끝나 버렸다. 이 코흘리개 계집애가 내가 학교에 가지 않고 숲에서 논다는 사실을 알아차리고, 어머니한테 쪼르르 일러바쳤던 것이다. 그 아이로서는 그동안 나한테 무시당했던 설움을 톡톡히 복수한 셈이었다.

    나는 여느 때와 다름없이 "다녀왔습니다."를 외치며 태연히 집에 들어갔다. 어머니의 표정이 싸늘했다.

    "너 이리 좀 들어와라."

    어머니가 잔뜩 준비해 놓은 회초리를 보자, 나는 모든 게 들통났음을 깨달았다.

"그동안 어디 갔었니?"

어떤 부모든 잘못보다 거짓말을 더 싫어하기 마련이다. 거
짓말은 또 하나의 잘못이므로. 어머니도 마찬가지였다. 나는
정직하게 대답했다.

"숲에요."

야단맞을 때는 존댓말을 써야 했다.

"왜 학교에 안 갔지?"

"가기 싫었어요."

"왜 가기 싫었니?"

"놀고 싶어서요."

"정말이냐?"

"네."

"그래도 된다고 생각했니?"

"네."

"어째서지?"

"학교에서만 배우는 건 아니라고 생각했어요."

내가 당당하게 말하자, 어머니는 짐짓 움츠러드는 눈치였

다. 어떤 경우에든 비굴해지지 말라는 건 바로 아버지의 가르침이었다.

"숲에서 뭘 배웠니?"

"학교에 가지 않는 건 몹시 불안한 일이라는 걸 배웠어요."

어처구니없다는 듯 어머니 입가에 반짝 웃음이 떠올랐다.

"그리고, 또?"

"혼자 노는 건 무척 따분한 일이라는 것두요."

"또?"

"그것뿐이에요."

"좋아. 나는 회초리를 열 개 준비했다. 학교 가지 않은 벌로 너는 이 회초리가 다 부러질 때까지 맞아야 해. 하지만 네가 숲에서 두 가지를 배웠다니 두 개는 빼 주겠어."

나는 재빨리 말했다.

"아참! 배운 게 또 있어요."

"뭐냐?"

"사람은 자기 좋은 일만 하고 살 수는 없다는 거요."

"좋아. 하나 더 빼 주지."

"또 있어요! 사랑하는 사람을 속이는 건 무척 괴로운 일이라는 것두 배웠어요."

"사랑하는 사람이 누군데?"

"어머니요……."

나는 힐끔 눈치를 봤다. 두 개쯤 빼 주지 않으려나 기대했지만, 어머니는 인색했다.

"좋아. 하나 더 빼 주겠어. 또 있니?"

나는 허겁지겁 몇 개 더 둘러댔지만, 그래도 회초리는 두 개나 남았고 더는 생각나지 않았다.

"가난은 슬픈 게 아니라, 싸워 물리쳐야 하는 것이다!"

"그게 무슨 소리냐?"

"일전에 아버지께서 하신 말씀이에요."

"그럼 숲에서 배운 건 아니구나."

"하지만 더 깊이 되새길 수는 있었죠."

"그걸 왜 하필 숲에서 되새기냐? 그럴 만한 일이라도 있었니?"

"숲에선 시간이 아주 많았으니까요."

"요 녀석! 잔꾀 피우지 말고 이젠 종아리를 걷어!"

나는 하는 수 없이 일어나 종아리를 걷었다. 회초리가 내

종아리를 갉아 먹는 게 아닌가 싶을 정도로, 어머니의 매질은 아팠다. 어머니는 진짜 회초리가 부러질 때까지 나를 때렸다. 그러나 나는 어머니의 매를 피하지 않고 이를 악물고 참았다.

어머니한테는 말하지 않았지만, 사실 나는 그동안 숲속에서 아주 중요한 걸 하나 배웠던 것이다.―어떤 슬픔과 고통도 피한다고 해서 해결되는 게 아니라는 사실, 그리고 그것은 우리가 회피하려 들 때 도리어 더욱 커진다는 사실!

그래서 나는 이튿날 당당하게 학교에 갔다.

❋　　❋　　❋

"너 이리 나와!"

그는 귀찮다는 듯 고개도 들지 않고 나를 교단 앞으로 불렀다.

내가 미적미적 앞으로 나가자, 그는 조금 전 나를 교단 앞으로 불러냈다는 사실을 잊어버리기라도 한 듯 출석부 정리에만 열중하고 있었다. 매우 고요하고 평화로운 표정이었다.

아이들은 잠시 뒤에 벌어질 사태를 상상하며 숨소리마저 내지 않고 앉아 있건만, 그 싸늘한 정적은 십 분쯤 지루하게 이어졌다. 기대한 사건이 일어나지 않자, 아이들은 실망하여 긴장을 풀기 시작했다. 그때였다.

퍽!

월급기계가 내 뺨을 후려갈겼다. 그런 뒤 그는 여전히 자기 일에만 열중하고 있었다. 방금 내 뺨을 때린 게 그인지 아닌지 분간할 수도 없을 지경이었다.

"가서 발 씻고 와! 세수도 하고."

방금 뺨을 때렸다는 사실을 무시한다면 자상하게 여겨질 만큼 부드러운 말투였다. 나는 얼이 빠져 잠시 멍하니 서 있었다.

"가서 발 씻고 오라고 했다."

그제야 나는 총알처럼 수돗가로 달려갔다. 사실 내 발은 기종이의 발처럼 새까맸던 것이다.

내가 발을 씻고 돌아오자, 월급기계는 본격적으로 매질을 시작했다. '어째서 결석했니?' 따위의 형식적인 말조차 없었다. 정말이지 단 한 마디의 말도 없었다.

그건 내가 '잔소리는 지긋지긋하니 그냥 때리기나 해라.'
하고 최면을 걸었기 때문이었다. 내 최면술은 제대로 먹혀들
었다.

그는 조용히 손목에서 시계를 풀고 손가락에서 반지를 빼
냈다. 그러고는 주먹으로 내 뺨과 머리를 마구 후려갈겼다.
매질은 내가 바닥에 쓰러질 때까지 계속되었다. 초등학교 삼
학년짜리 아이에겐 잔인한 매질이었다. 한바탕 매타작이 끝
나자 월급기계는 그제야 입을 열었다.

"네 자리로 돌아가."

이게 전부였다. 마치 무슨 일을 하다가 성가시게 구는 파리
한 마리 탁 때려잡고 하던 일을 계속하는 식이었다.

그 점에서라면 나도 지지 않았다. 나는 눈물 한 방울 내비
치지 않은 채 제자리로 돌아와 단정히 앉아 있었는데, 손바
닥자국으로 시뻘게진 뺨만 아니었다면 방금 얻어터지고 돌아
온 아이라고는 아무도 믿지 못할 것이었다.

우림이가 걱정스런 눈빛으로 나를 돌아보았다.

나는 우림이를 향해 히죽 웃어 주었다. 우림이는 '흥, 너한

테는 관심두 없어.' 하는 표정으로 샐쭉 고개를 돌려 버렸다.

'니가 그래 봤자, 토끼장으로 나오지 않고는 못 배길걸!'

나는 속으로 낄낄 웃었다.

방랑 끝에 돌아와 보니 모든 것이 제자리에 놓여 있었고, 그래서 나는 안심했다.

계속되는 이야기

겨울방학이 시작되었고 산동네에도 지겨운 겨울이 왔다. 그리고 새해가 지나자, 내 아홉 살도 끝났다. 그러므로 나는 이제 이 책에서 더 얘기할 것이 없다.

물론 아홉 살이 끝났다고 해서 내 인생마저 끝난 것은 아니다. 인생에는 죽는 순간까지 단절이 없다. 그냥 쭈욱 진행되는 과정이다. 그 과정에는 기쁨도 있고, 슬픔도 있고, 낭만도 있고, 고통도 있고, 욕망도 있고, 좌절도 있고, 사랑도 있고, 증오도 있다.

그러나 인생의 어느 한 측면만을 지나치게 과장해, 그것이

인생의 전부이리라 착각할 필요는 없다. 기쁨 때문에, 슬픔 때문에, 낭만 때문에, 고통 때문에, 욕망 때문에, 좌절 때문에, 사랑 때문에, 증오 때문에⋯⋯, 또는 과거 때문에, 현재 때문에, 미래 때문에⋯⋯ 혼자만의 울타리를 쌓으려 드는 것은 더더욱 어리석은 짓이다. 못된 거인이 정원에 울타리를 치자 봄이 오지 않았다 하지 않던가!

나 또한 내 아홉 살에 울타리를 치고 싶은 생각은 결코 없다. 내 인생은 아홉 살에서 끝난 게 아니므로. 그리하여 우리는 또다시 인생 이야기를 흥미진진한 목소리로 꺼낼 수 있는 것이다.

나는 열 살이 되었다.

그래서……

책 뒤에

현실에 만족한 사람은 인생에 대해 아무런 질문도 던지지 않는다. 아쉬운 게 없으니까. 나는 현실에 그리 만족해하는 편이 아니어서, '인생이란 무엇인가' 하는 식의 촌스러운 질문을 늘 머릿속에 담고 산다.

나는 올해 팔월로 스물아홉 살을 끝내고 서른 살이 되었다. 서른 살이 되지 않으려고 나이를 만으로 갖다 붙이며 발버둥을 쳤지만, 기어코 서른 살이 되고 말았다. 삼십 대가 되는 기분은 정말 더럽고 징그럽고 우울하고 분통하다. 이십 대의 동지들이 인제 나랑 안 놀아 주리라는 소외감마저 느껴져 슬프기까지 했다.

아홉은 정말 묘한 숫자다. 아홉을 쌓아 놓았기에 넉넉하고, 하나밖에 남지 않았기에 헛헛하다. 그 아홉이 지나면 또다시 새로운 출발을 해야 하기에 불안하기도 하다. 따지고 보면, 이건 모두 십진법의 숫자 놀음에 지나지 않지만, 그게 때때로 우리를 공포스럽게 만들곤 하니 우습다. 이게 다 고정관념으로부터 자유롭지 못한 탓이리라. 비단 숫자뿐 아니라, 우리네 인생에서 어떤 출발점과 도달점에 연연해하는 것부터가 고정관념의 산물이 아닐까 싶다. 도달점에 닿는 순간, 그건 곧 출발점이 되고 마니까. 그래서 우리네 인생은 중단 없이 쭈욱 진행되는 과정일 뿐인 것이다.

어쨌든 나는 스물아홉 살에 이 글을 쓰기 시작했고, 글을 다 쓰고 나니 서른 살이 되었다. 물론 이 글은 비단 아홉 살짜리 이야기만을 다룬 것은 아니다.

내가 스물아홉 해 동안 살아오면서 느끼고 배운 인생 이야기를 아홉 살짜리를 통해 내 나름대로 정리해 본 것이다.

살아오면서 누누이 겪고 느껴 온 바이지만, 사람들은 대체로 현실보다는 욕망을 더 사랑한다. 대개의 경우, 욕망은 찬란하고 현실은 끔찍하기 때문이다. 그러나 끔찍하건 그렇지 않건 사람은 어차피 현실 속에서 살 수밖에 없으며, 욕망도 현실 속에서만 실현되는 것이다. 현실은 우리를 속이지 않으며, 도리어 우리가 현실을 속이기 마련이다.

남 몰래 슬펐던 '아홉 살 인생'에 한 살을 더 채우고 보니, 어쨌든 마음이 담담해졌다. 서른 살 인생은 마음 똘똘하게 다져 먹고 좀 더 잘살아야지!

1991년 초겨울, 위기철

267